Rita Valentino Merletti
Bruno Tognolini

LEGGIMI FORTE

Accompagnare i bambini
nel grande universo della lettura

SALANI EDITORE

ISBN 978-88-6715-785-3

Prima edizione: aprile 2006
Quinta ristampa: febbraio 2013
Nuova edizione: marzo 2015

ADRIANO SALANI EDITORE
Da 150 anni più felici con un libro

Gruppo editoriale Mauri Spagnol
Milano

www.salani.it

Nota introduttiva

In ogni capitolo di questo libro un argomento è affrontato in tre passi.
Il primo passo sono i **Racconti**: uno scrittore per bambini, che in questo caso scrive come lettore, narra e commenta la sua esperienza di dieci anni di letture alla figlia.
Il secondo passo sono le **Riflessioni**: una studiosa di letteratura per l'infanzia amplia quell'esperienza a termini più generali, che riguardino tutti, e la approfondisce a livelli più rigorosi.
Il terzo passo sono le **Suggestioni**: brani da libri, racconti e rime e saggi, proposti come esempi, divertimenti e sostegni alle Riflessioni; e talvolta come materia prima già pronta per la lettura ai bambini.

Parla con lui

Gli umani, appena nati, paiono esseri fragili e precari, in bilico sul ciglio della vita come sul crinale di una collina. Forse lo sono davvero, o forse è la nostra ansia di genitori che li vede così. Fatto sta che, a quel punto, noi prendiamo d'istinto a chiamarli, con voci e sorrisi, perché da quel crinale si lascino scivolare verso di noi, da questa parte e non da quella.

La voce umana ha un potere grande e segreto, che assordati da molti apparecchi rischiamo di dimenticare. Prima del senso c'è il suono, prima delle parole c'è la voce. Quella voce ha potere sulle cose: le chiama all'umanità, le rende umane.

Parliamo agli animali, che non conoscono parole, parliamo a una lapide, a una pianta, a uno specchio; a una persona in coma perché ricordi la vita umana, e vi ritorni.

E a un neonato perché si fidi e vi entri.

La voce echeggia come un canto di balena, in quell'oceano sconfinato e incomprensibile che è una nuova vita, per dire tre sole sconfinate verità: io sono qui, tu sei qui, il mondo è qui.

I mesi e gli anni passeranno, quella voce prenderà forma di parole, perline di senso infilate in collane via via più fiorite e complesse: mangia, dormi, ridi, cresci, come stai?

Ma sotto quella superficie variopinta, in certe ore del giorno, in certe condizioni di luce, di emozione, di sonno, noi siamo ancora in grado di sentirlo, quel suono senza senso, quella voce senza parole, che non 'vuole dire' niente, ma genera umanità.

La cosa fondamentale che questo libro dice a un genitore è dunque questa: parla a tuo figlio.

Hai un potere di umana magia nella gola, unico eppure comune: perché ne sei avaro?

Parla con lui, con lei. Non negargli ciò che sai fare, che gli serve.

E se non sai cosa dire, ci sono sorgenti di parole giuste, che son fatte per questo: leggi un libro.

1.
VOCE
Dire, cantare

Racconti

Quando si legge un libro a un bambino, la voce è la storia: dà corpo alla storia, la riempie, come l'acqua riempie il letto del fiume. La voce è la storia come l'acqua è il fiume. Leggendo a mia figlia, dopo un po' d'esperienza, la sentivo nascere e fluire dal libro, da me, fra noi, quella che chiamavo in segreto la Voce Fiume.

È una voce che s'infiltra nella storia e scorre docile dentro di lei, gira serena nelle anse delle frasi, frulla nei gorghi delle esclamazioni, si allarga nei laghi delle descrizioni, spumeggia nelle rapide dei dialoghi: insomma, è un bel fiume che va.

E attenzione, non sto parlando di 'leggere bene', di dizione corretta e interpretazione brillante: io non ne ero e non ne sono capace. Sono stato addirittura balbuziente, e spesso mi accade ancora d'incespicare: passetti di danza, oramai, che mia figlia dall'inizio ha sempre accolto – almeno così m'immagino – come una buffa natura di quel fiume. No, la Voce Fiume non ha niente a che fare con la buona dizione. La Voce Fiume è una voce personale, che può ben essere nasale, piatta, chioccia, colorita da cantate dialettali, da erre mosce e vizi e vezzi di pronuncia. Ma è la voce nostra, quella che c'è toccata in sorte, unica e irripetibile. Che già da sola per quel bambino è la voce migliore del mondo, quella che l'ha chiamato nell'umano: ma che ora ha raddoppiato la sua forza, perché ha trovato l'accordo armonioso con la voce scritta e zitta di quel libro.

Qualche altra sera questo, però, non accadeva. Qualcosa girava storto, non so cosa: si rallentava, si cominciava a faticare, ci si scuoteva, si riprendeva lena... Ma non c'era niente da fare: in breve s'era già dentro la Voce Pietraia.

Lì il testo diventa di colpo un'arida landa, dove tutto sembra opporsi al cammino: la voce s'impiglia in creste di frasi irte, inciampa in ciottoli sporgenti di parole, scivola in buche di esclamazioni impronunziabili, si trascina, zoppica, stenta, diventa afona e piatta.

Che la lettura fosse Fiume o Pietraia dipendeva forse dal libro, forse dalla voce, ma forse ancor più da come i due si incontravano. Era importante lo stile dell'autore, il vigore della storia, e magari una buona traduzione; ma era importante anche l'umore del lettore, il grado d'accoglienza quella sera, la disposizione a lasciarsi andare alla corrente del testo. Ho sperimentato più volte che un piccolo sforzo, certe sere, un atto consapevole di resa, di abbandono all'andamento delle frasi, senza più opporre resistenza o peso, poteva far ritrovare nella Pietraia il rivolo d'acqua d'una frase più sciolta, che magari a seguirlo ingrossava, diveniva ruscello: e alla fine ecco il Fiume che torna.

Altre volte invece no, non c'era traccia di un bel flusso scivolante per pagine e pagine. E allora arrancavo fino alla tappa abituale della sera e concludevo irritato col libro, con l'autore, con me stesso, e se non stavo attento anche con l'incolpevole ascoltatrice. La quale si suppone dividesse con me la fatica di quella Pietraia: ma non è affatto detto. Certe storie son così ben costruite, o certe sere l'ascoltatrice era così avida, che contro ogni aspettativa, sul bordo a gran fatica conquistato di un'irta Pietraia, aveva il coraggio di uscirsene col solito: « Ancora! »

Ma fosse Fiume o Pietraia, la voce diceva altre cose, che in nessun libro – o forse in tutti – erano scritte. Confusa infine nel sonno, in un fondo segreto e lontano che viene prima e dopo le parole, la voce è nenia, rosario, preghiera, riepilogo e riconferma del mondo. E ultimo conforto e commiato, paterno e umano, sulle porte mai sicure della notte.

Riflessioni

Ai primi tentativi di cantare, ripetere filastrocche o leggere una storia a un bambino, alcuni genitori pensano di possedere solo una voce incerta, imbarazzata, monotona e inespressiva. Molti fattori possono contribuire a rendere questo pensiero una radicata e avvilente convinzione. Tra questi, il più distruttivo è il palese disinteresse del bambino. Al volenteroso genitore, infatti, invece di incontrare occhi rapiti e incantati (come pareva lecito attendersi), può accadere di incontrare occhi perplessi o annoiati che lentamente ma inesorabilmente si spostano sul crinale dell'ostilità aperta e belligerante. Agli sguardi seguono le azioni, di natura e intensità diverse, a seconda dell'età. Se non può agire direttamente sulla voce fastidiosa per zittirla, così come si farebbe con un molesto gracchiare di radio, il bambino infierisce sul libro: se ne impossessa, lo addenta, lo strapazza, lo scaraventa sul pavimento, lo calpesta o lo usa come proiettile... Da parte sua, il genitore, per attenuare il senso di frustrazione, attribuisce la « colpa » del fallimento al libro: ha troppe parole, ne ha troppo poche, anzi, non ne ha nessuna.... È troppo facile (banale, noioso, ripetitivo, scontato, pedante, risaputo) o è troppo difficile (sofisticato, pretenzioso, ambiguo, diseducativo, disorientante, dissennato). Infine, se non c'è altra scusa da accampare, hanno la meglio lo sfinimento e lo sconforto. Inevitabile, a questo punto, ricorrere a un rimedio infallibile: per attirare l'attenzione del bambino e renderlo inoffensivo, il genitore sostituisce alla propria voce e al libro le voci indifferenziate e le immagini in movimento provenienti dal primo schermo a portata di mano: si tratti di un cellulare, di un tablet o di un televisore, l'effetto è identico e immediato. Il bambino si placa ed occhi e orecchie si fanno assorbire dal gradito sostituto.

Il successo e i benefici della lettura ad alta voce in famiglia dipendono in larga misura dal non lasciarsi scoraggiare da qualche possibile fallimento iniziale e dal non credere che se non si è appena usciti dall'Accademia di arte drammatica o – ancor meglio – da una Accademia di arte circense, non può esserci possibilità di riuscita. Non è così. Scuole di lettura e momenti formativi possono essere d'aiuto, ma starà al cuore di ciascuno fondere ciò che si apprende dall'esterno con qualcosa di più intimo e personale. Con i propri ricordi di incanto infantile, con le proprie storie, con il proprio modo di essere. E saranno proprio la peculiarità e l'autenticità di questa fusione a far trovare la voce «giusta».

I genitori più inesperti sono spesso quelli che non ricordano di aver avuto nella propria infanzia momenti di ascolto di racconti o letture. Sono loro, soprattutto, a chiedere quali regole seguire, come incominciare, come evitare errori. Rispondere alle loro domande significa correre il rischio di imprigionare in un'impropria e inopportuna serie di norme un comportamento che dovrebbe essere governato dalla spontaneità, dalla fantasia e dalla curiosità. Un po' come dettar regole sul come innamorarsi e come comportarsi in amore. Dei libri e della lettura ci si innamora e il colpo di fulmine avviene, più spesso di quanto non si creda, nei primi folgoranti incontri con la parola, prima ancora che questa si faccia racconto.

Certo, qualche suggerimento si può dare e così si cercherà di fare in queste pagine. Compito degli «esperti» è quello di far conoscere a chi è un po' estraneo al mondo dei libri per bambini la varietà e la bellezza che in esso è possibile trovare. Si può inoltre suggerire di iniziare prestissimo. Persino prima di avere un bambino tra le braccia. I mesi dell'attesa possono servire a 'scaldare' la voce, a mandarla alla ricerca delle parole adatte. Parole di una mammalingua che tutti, da adulti, dovremmo imparare da capo, per far bella la voce e rasserenare i pensieri. Parole che stanno nella memoria del cuore e sanno di gioco, di tenerezza e di solletico. Parole melodiose, che si fondono nell'armonia di dolci ninne-nanne. Parole che, quando il bambino avrà orecchie, occhi, naso, bocca e pelle pronti ad assorbirle, troveranno aiuto e sostegno nei gesti, nei sorrisi, negli sguardi. Parole magiche da dire al momento del bisogno per scacciare un mal di pancia calabrone o altri malaugurati accidenti. Parole burlone che si aggrovigliano in insensate acrobazie linguistiche e fanno il solletico alle orecchie. Parole in dialetto, robuste, concrete e colorate tenute per troppo tempo, forse, fuori dall'uscio di casa. Parole di cantilene, incerte tra senso e non senso, che appena finiscono ricominciano da capo. Parole inventate che si impossessano di un significato rubandolo al suono, parole, infine, che diventano storie. E allora saranno loro, le storie, a prendere il comando e a governare con forza, invadenza e prepotenza il flusso di una voce che, senza più dubbi e incertezze, diventa quella, inconfondibile, del « c'era una volta »...

Suggestioni

Per nove mesi cullato e protetto,
ora qui dentro ci sto troppo stretto;
ancora di un chilo sono cresciuto
e adesso ho proprio un aspetto paffuto:
le guance piene, il pancino rotondo...
ora son pronto a venire nel mondo.
Ed ecco, ci siamo, io me lo sento,
ormai è quasi arrivato il momento:
qualcosa mi spinge verso l'uscita
e finalmente mi affaccio alla vita.

E. Morando, *Rime dal pancione*, inedito

Oggi nasce da ieri
Non lo so come fa
Fino a ieri non c'eri
Mentre ora sei qua
Pesce è figlio di pesce
Anno nasce da anno
Foglia su foglia cresce
Non lo so come fanno
Così mi meraviglio
Poi non ci penso più
Non lo so cos'è un figlio
Però so che sei tu

B. Tognolini, *Mammalingua*, Il Castoro, 2008

Una goccia di latte,
caduta nella notte,
piano si spande
in bianche onde lente.
Mare di latte
con onde di memoria
che della vita
raccontano la storia.

Vita che succhia latte appena nata
con parole di latte va narrata.

Con parole di seno e di calore
succhiate insieme al battito del cuore.

[...]

S. Roncaglia, *Parole di latte*, Lapis, 2001

Contro il mal di pancia

Mal di pancia calabrone
Porta via il tuo pungiglione
Mal di pancia moscerino
Finirai dentro il vasino

B. Tognolini, *Mal di pancia calabrone*, Nord-Sud, 2009

C'era una volta,
una volta c'era
un vecchio e una sera.
Se non dormi, non c'era

né il vecchio né la sera
e neppure la volta che c'era.

C'era una volta,
una volta c'era
una vecchia e un vecchio
riflessi dentro uno specchio.
Se non dormi, non c'era
né vecchia né vecchio né specchio.

C'era una volta,
una volta c'era
un omino che andava sul Po,
vuoi che te la canti un po'?

N. Orengo, *A-Ulì-Ulè*, Salani, 2011

Anin a nolis (conta, Friuli)

Anìn anìn a nolis
cumò che al duar il lof
lu cjaparìn pe code
lu menarìn tal cjôt.

Andiamo a nocciole

Andiamo andiamo a nocciole
adesso che dorme il lupo
lo prenderemo per la coda
lo porteremo nell'ovile.

In AAVV., *An dan dest. Filastrocche per giocare insieme*, Sinnos, 2010, CD allegato

2.
CORPO
Fare, stare

Racconti

Un adulto che legge un bel libro ha l'impressione di disincarnarsi, di perdere corporeità: si dice che 'non è più lì'. E invece il suo corpo, ben presente e pesante, continua a narrare la storia di quella lettura. Che stia seduto da solo in casa o in un bus affollato, sdraiato in un ospedale o su un'amaca in riva al mare, quella storia è sempre un dialogo frontale, a due personaggi: lui e il libro, che si fronteggiano ostinati. Per un adulto che legge a un bambino la storia dei corpi è diversa, è narrata a tre voci: due corpi e un libro, con tutte le reciproche diverse posizioni.

Con mia figlia, come quasi sempre accade, dapprima fu il pieno contatto, un corpo a corpo che a stento ammetteva fisicamente il libro: lei piccolissima in braccio, schiena contro il mio petto, e il libro nelle mani del papà, che con un solo gesto lo reggeva e lo offriva – schermo di meraviglia davanti a entrambi – perché lei potesse vedere le figure, che riempivano trionfanti gran parte di quelle antiche letture.

Poi, nella seconda era, eccoci entrambi seduti per terra – il regno inferiore dei bambini dove alcuni adulti meritevoli sono ammessi – e il libro squadernato davanti. Ora non eravamo più abbracciati, col libro intrecciato fra noi: un cammino di separazione era partito. Ma eravamo pur sempre laterali l'un l'altro, fianco a fianco, e il libro era ancora frontale, ancora un mondo unico davanti a tutti e due.

Passano i mesi, la figlia cresce: non c'è più tanto bisogno di stare abbracciati. Anche le storie crescono nei libri, sopravanzano le figure: non c'è più tanto bisogno di guardare. Il cammino di separazione progredisce: io seduto, vicino al letto, il libro poggiato sul comodino, il più possibile vicino a lei. Ma lei non lo guarda più, guarda altrove. Non siamo più laterali, fianco a fianco, a fronteggiare il libro, ma frontali, l'una davanti all'altro, e il libro è scivolato in mezzo a noi: non più schermo di proiezione ma confine, che come tutti i confini separa e unisce.

Passano altri anni, si aprono altre ere. Per caso, per gioco, dovendo cambiare il letto, mia figlia ne scelse uno alto, più o meno ad altezza del mio petto, con sotto un irresistibile recesso dove annidare magazzini di giocattoli e tane d'avventura. Confesso che, come altre volte di fronte a mutamenti repentini nelle abitudini della paternità, ho patito un momento di sconcerto: ora come leggiamo? Dopo avere tentato un impervio sgabello alto, tipo quelli dei bar, su cui mi appollaiavo per tentare di restare all'altezza del suo viso, mi sono arreso a una più comoda sedia al capezzale. Ma lei non mi vedeva quasi più: più grande, più sola, ma sempre con me, ascoltando la mia voce che restava – quella sì – vicina e presente, guardava il muro e altre cose che dirò, e le figure e gli scenari d'aria pura che il teatro invisibile della voce le spalancava davanti.

Ora mia figlia è grande, ha quindici anni, ha un letto ancora più alto a casa mia, su cui s'arrampica con una scala; e sotto cui sta un piccolo divano, dove io talvolta ancora siedo e leggo. Non la vedo, e tendo a leggere forte perché temo che mi senta anche poco. È lassù, per conto suo. È il cammino dei figli, così dev'essere. Questa è la storia di quel distacco naturale, raccontata dai corpi che leggono e ascoltano, dalle loro posizioni e distanze. Però il libro, e la voce che lo legge, ancora son tesi fra noi come una lunga fune di cordata.

Riflessioni

Si chiamano rime delle dita e da sempre aiutano i bambini ad acquisire consapevolezza del proprio corpo, a nominarne le singole parti, a riconoscerne le funzioni. Appartengono a tutte le culture perché universale è il bisogno di comunicare con il bambino piccolo unendo, alla voce e alle parole, i gesti e il contatto con il corpo. Costituiscono il primo e più elementare esempio di « lettura dialogica »: il bambino che non sa ancora parlare e tanto meno leggere accoglie su di sé le mani di chi si prende cura di lui, risponde alle sollecitazioni, anticipa con sorrisi compiaciuti i momenti più emozionanti o più divertenti. Risponde con vocalizzi e movimenti del corpo ed entra a far parte di una narrazione. Entra nel regno del « facciamo finta che... » Facciamo finta che una *mamma cannibale* voglia mangiare pezzo per pezzo la sua bimba o che un papà, altrettanto affamato, voglia fare del proprio bambino una pizza ben condita e cotta a puntino. Facciamo finta che il corpo del papà diventi ombrello, motore, trattore, giostra o cavallo, che le sue braccia sostengano voli spericolati o offrano protezione e rifugio (I. Minhós Martins, B. Carvalho, *P di papà*, Topipittori, 2011). Se queste prime escursioni della mente nei territori narrativi si accompagnano a gesti e movimenti del corpo liberi, divertiti e disinvolti, il bambino entra in uno stato di perfetta felicità che ripaga l'adulto dello sforzo compiuto per superare l'imbarazzo per una esibizione di cui forse non si riteneva capace. Sì, perché anche il corpo (quello dell'adulto, naturalmente...), così come la voce, ha bisogno di un po' di allenamento per acquisire scioltezza, convinzione e spontaneità oltre che per riscoprire gesti dimenticati. Non per nulla sono sempre più numerosi i libri che prima ancora di attirare l'attenzione dei bambini, s'impongono a quella dell'adulto e suggeriscono, modellano, ritualizzano momenti e comportamenti. Libri che chiedono, più o meno esplicitamente, di essere modificati quel tanto che basta a far sentire il bambino di casa protagonista assoluto. Non libri da leggere ad alta voce, dunque, o almeno non subito. Piuttosto, libri da trattare come canovacci per una recita a soggetto e da assaporare poi, insieme al bambino, godendosi le illustrazioni e sapendo di poter richiamare alla mente il piacevole ricordo di un'esperienza vissuta. Appartengono di diritto a questa tipologia i « libri delle coccole », quelli che riempiono occhi, orecchie, braccia e mani della *tenerezza dell'essere insieme* e rendono possibili mille dialoghi che fanno spesso a meno delle parole.

Accanto ai libri di cui abbiamo appena parlato, ci sono i libri che il bambino piccolo impara a leggere da solo, mettendo in moto tutti i suoi cinque sensi. Sarebbe un errore considerare questi primi libri alla stregua di qualsiasi giocattolo. Sono molto di più e costituiscono un'utile palestra per la lettura che verrà in seguito. L'idea di estendere le potenzialità del libro rendendo possibili tipi di lettura diversi da quelli tradizionali, risale a più di mezzo secolo fa. Da allora, una gran quantità di idee e di proposte hanno facilitato l'instaurarsi di una buona e precoce relazione tra bambino e libro. Una relazione molto spesso autonoma, favorita dalle molteplici possibilità di interagire con il libro e di « leggerlo » con le mani e con la bocca, con le orecchie e con il naso oltre che con gli occhi. In Italia, la casa editrice che, in anticipo rispetto a molte altre, si è dedicata a questo particolare settore dell'editoria, è stata La Coccinella. Alla sua fondatrice, Loredana Farina, alla sua volontà di sperimentare modi nuovi di progettare libri, alla sua creatività e alla sua passione, si deve l'invenzione e la produzione dei libri con i buchi e di tante altre tipologie di libri cartonati, colorati, maneggevoli, sorprendenti e interattivi in compagnia dei quali il bambino ha la possibilità di attivare tutti i sensi di cui dispone e ricevere adeguati stimoli per ciascuno di essi.

LE POSIZIONI DELLA LETTURA

In *Non sperate di liberarvi dei libri* (Bompiani, 2009), Umberto Eco sostiene che il libro, come il cucchiaio, il martello, la ruota, le forbici è invenzione talmente perfetta che non si potrà mai far di meglio. È certamente così, tuttavia, nel corso dei secoli, il libro è cambiato molto così come molto è cambiato il modo di leggerlo. In un suo romanzo Italo Calvino passava in rassegna le diverse posizioni del leggere: « seduto, sdraiato, raggomitolato, coricato, coricato sulla schiena, su un fianco, sulla pancia, in poltrona, sul divano, sulla sedia a dondolo, sulla sedia a sdraio, sul pouf, sull'amaca, se hai un'amaca. Sul letto, naturalmente [...] ». Già, sul letto. Cosa ci può essere di più confortevole e allettante? Eppure, fino a non molto tempo fa, in molte famiglie vigeva il divieto di leggere a letto. Specialmente per i bambini o ragazzi di casa. E non sono pochi gli adulti di oggi che raccontano di aver fatto ricorso a mille sotterfugi e strategie per aggirare il divieto. Altri tempi, non c'è dubbio... E altri tempi erano quelli in cui a scuola la posizione dell'ascolto durante le letture ad alta voce dell'insegnante era sempre la stessa: seduti, composti in banchi perfettamente allineati, mani e piedi immobili. Al più, per evitare che ci si distraesse, era concesso di tenere il segno con il dito, passando l'indice sotto le parole. Oggi non è più così e anche negli spazi scolastici non sempre adeguati si creano zone in cui è possibile sedersi in cerchio, sul pavimento, per ricostruire quell'immagine ideale di condivisione, di vicinanza e di amicizia che le storie, lette o raccontate portano con sé.

Con i bambini piccoli, la posizione ideale di lettura ed ascolto è quella raffigurata nel logo che Francesco Altan ha disegnato per il progetto nazionale per la diffusione della lettura ad alta voce in famiglia *Nati per Leggere:* una mamma con un bambino sulle ginocchia e un libro aperto davanti, in modo che entrambi possano vedere il libro. Il bambino deve infatti poter « leggere » le immagini mentre, con le orecchie, sente la voce che legge: un modo per sottolineare l'importanza crescente che si attribuisce al linguaggio iconico e, anche, alla duplice attività cerebrale che il bambino mette in moto attivando contemporaneamente i due emisferi cerebrali con le rispettive funzioni spaziali e temporali.

Suggestioni

C'era una volta un bambino,
nato molto lontano.
E poi ce n'era un altro,
nato molto vicino.
Ed entrambi si sa,
come tutti i bambini,
hanno dieci dita alle mani
e dieci dita ai piedini.
C'era una volta un bambino nato cittadino.
E poi ce n'era un altro, avvolto in un piumino.
Ed entrambi si sa,
come tutti i bambini,
hanno dieci dita alle mani
e dieci dita ai piedini.
[...]

M.Fox, H. Oxenbury, *Dieci dita alle mani dieci dita ai piedini*,
Il Castoro, 2009

Sulla pancia del deserto

La carovana dei cinque cammelli
sfila sui viali, scende le valli
gira sui fianchi dell'ultima duna
lenta s'avanza
lenta cammina.

Scotta la sabbia e il sole ribatte
ma sulla duna c'è un pozzo di latte
i cinque cammelli che sete hanno molta
bevono tutti
uno alla volta.

Ora la notte nel cielo quieto
stende le stelle come un tappeto
i cinque cammelli della carovana
dormono e sognano sogni di lana.

<u>*Istruzioni*</u>
Filastrocca del massaggio di buonanotte.
Prima strofa: risalire con il palmo della mano il braccio, scendere lungo il petto e girare intorno alla pancia.
Seconda strofa: risalire la pancia con un dito alla volta, fino all'ombelico (il pozzo).
Terza strofa: adagiare la mano sulla pancia e coprire con il pigiama.

C. Carminati, S. Mulazzani, G. Pezzetta, *Rime per le mani*, Panini, 2009, con CD allegato

---

Questa bimba tutta nuda
me la mangio fresca e cruda.
Incomincio dai piedini
belli rosa e tenerini
profumati di formaggio:
ed è solo il primo assaggio.
Dopo arrivo su al ginocchio
e vorace lo sgranocchio.
È croccante, saporito,
ma il cosciotto è il preferito
e ne mangio a più non posso
rosicchiando pure l'osso.
Il suo morbido pancione
lo trangugio in un boccone.
Quanto è buona la bambina!
Ho una fame stamattina
che anche senza condimento
me la pappo fino al mento.

E se arriva il suo papà?
Gliene lascio la metà.

L. Cella, *Mamma cannibale*, Nord-Sud, 2009

Pietro è di cattivo umore.
Stava per andare a giocare
a pallone con gli amici ed ecco,
si è messo a piovere.
Il suo papà non ce la fa
a vederlo così triste.
Allora pensa di tirarlo su
e di farne una pizza.
Così lo stende sul tavolo della cucina...
e comincia a impastarlo ben bene.
Lo tira di qua,
lo tira di là...
ora la pasta va girata
e lanciata per aria...
[...]

W. Steig, *Pietro Pizza*, Salani, 2001

Qual è il nostro posto dei baci?
Lo so che lo sai: ora taci.
Lascia che trovi il posto perfetto
dove la sera baciarti di getto.
Con le mie labbra morbide e rosse
percorro il tuo viso, le guance, le fosse:
gli occhi socchiusi, le ciglia tremanti,
i capelli ribelli, la fronte davanti,
le labbra arricciate, il mento rotondo,
le pieghe del collo, le orecchie: il tuo mondo.

Ma poi mi fermo sul naso, tra gli occhi,
là dove non vuoi che nessuno ti tocchi:
una virgola, un ricciolo, un dito di luna
che aspetta il bacio di mamma, o di nessuna.

R. Perinetti, *Inedito*

Che cos' è il libro-gioco?

All'inizio della nostra esperienza editoriale, per definire i nostri lavori usavamo il termine inconsapevolmente futurista di « oggetti ». Questo termine non ci sembrava però del tutto appropriato e faceva torcere il naso anche ad altri.

Tuttavia penso ancora che i libri-gioco siano degli « oggetti di confine » perché non sono solo libri né solo giocattoli. Questo meticciato è ciò che li connota maggiormente e la loro caratteristica è che la carta, il cartoncino, il cartone – cioè i derivati della cellulosa – con cui sono fatti, non hanno solo funzione di supporto su cui stampare parole e immagini, ma sono anche una struttura.

Hanno una forma. E questa forma comunica messaggi conoscitivi ed emozionali, racconti insomma, da leggere e da esplorare con gli occhi e con le mani. La lettura dei libri-gioco è una lettura da fare con tutti i sensi. Si può dire che i libri-gioco siano insieme contenitore e contenuto.

L. Farina, in *Hamelin*, « Ad occhi aperti leggere l'albo illustrato »,
Donzelli 2012, pag. 171

3.
OGGETTI
Fare, guardare

Racconti

Ho letto che il libro, per i bambini molto piccoli, è un oggetto, un giocattolo fra gli altri, e come tale dev'essere trattato. Esiste quindi una bella editoria di libri-giocattolo, costruiti per essere letti con i cinque sensi, prima che prenda il sopravvento l'orecchio, nella lettura condivisa ad alta voce, e poi l'occhio, nella lettura muta e solitaria. Quanto a me, non ho chiara memoria di quell'era di letture fatte a mano, di quei libri 'centro di attività' pieni di specchietti e superfici ruvide e sonagli. Partirò allora da un'era successiva, quando il libro era già libro nelle mani del papà che lo leggeva, e proprio per questo le mani della figlia che ascoltava erano libere di prendere altri oggetti.

E cosa prendevano queste mani? Prendevano e governavano oggetti diversi, a seconda dell'ora e dell'età. Nelle ore di lettura in pigiama, dopo cena e già a letto, prendevano e muovevano i peluche, la ciurma di varia fauna che, rinnovandosi periodicamente, prestava servizio notturno sotto le lenzuola (la figlia li chiamava 'la mia gente'); ma di loro, e del gioco e del teatro, parleremo più avanti. Nelle ore che precedevano il pigiama, dopo cena ma seduti sul parquet, le mani della figlia ascoltatrice muovevano altri oggetti: oggetti di teatro per gioco, quando era più piccola (pupazzi e personaggi, accessori e scenografie: i suoi giocattoli), e oggetti di lavoro per gioco quando era più grande. Intrecciava infatti, ascoltandomi leggere, braccialetti di tenui fili colorati; intrecciava segmenti di spaghi più grossi, plastificati e variopinti, per farne ciondoli o portachiavi per i grandi; e infine, ancora più tardi, intrecciava coi ferri la maglia.

L'arte dell'intreccio, della trama e dell'ordito, affratella forse il testo (che letteralmente significa 'intreccio') a millenni di perizia femminile. Forse c'è una segreta imitazione, un gioco di specchi fra questi due simmetrici telai, che tessono l'uno fili colorati fra le dita, l'altro fili narrativi nelle orecchie. O forse la lettura ad alta voce, più semplicemente, ben s'accompagna coi lavori pazienti delle mani, come dimostra il lettore che leggeva romanzi laici nelle fabbriche di sigari cubani, o testi sacri nelle operose officine dei monaci.

Ma gli oggetti che venivano coinvolti nelle nostre letture non erano solo da prendere e muovere: erano anche da guardare e non toccare, o da tenere lì e basta.

Il primo caso è quello delle macchie pallide e informi sul muro contiguo al lettino della figlia, o degli scuri arabeschi nella testiera di radica del 'lettone' dei genitori, su cui si posavano gli occhi dell'ascoltatrice. Potevano essere figure compiute, mature, solo da riconoscere come quelle delle nuvole: mia figlia scorgeva due uccelli sul muro, uno con ricca cresta e uno senza; e la scena complessa, inscritta nei nodi del legno di quella testiera, d'un cinghiale cavalcato da una fanciulla con gli occhi atterriti. Oppure potevano essere figure indifferenziate, germinali, pronte a evolvere verso questa o quell'altra forma in obbedienza al racconto del libro: profili di creature, mostri, laghi, luoghi, mappe.

Io poi avevo un mio oggetto speciale, né da toccare né da guardare: doveva solo stare lì, a propiziare la lettura. Un talismano. Era un ninnolo di mia figlia, un coniglietto libraio ambulante di pasta di gesso, calzato e vestito, in piedi col libro aperto fra le mani accanto alla sua bancarella, su cui posavano sette librini chiusi, che alludevano a mille. Leggeva lui, e offriva a tutti, quella sua minima ma infinita biblioteca. E io per anni non sono stato del tutto contento di leggere senza di lui.

San Coniglietto Libraio, che ancora ci guida. E chi è senza santi, e senza amuleti, rida.

Riflessioni

Per il loro essere *anche* oggetti, i libri, con la loro sola presenza, risvegliano i nostri sensi. Lo fanno, ad esempio, con il loro odore, al punto che alcuni lettori giurano di saper riconoscere i propri libri per il diverso odore emanato da ciascuno di essi. Non sono sicura che saprei fare altrettanto, ma so di certo che l'odore di carta, di colla e di polvere, tipico di alcune biblioteche che ho frequentato con particolare assiduità, ha su di me l'effetto della *madeleine* proustiana. La seduzione che i libri sono capaci di attuare non risparmia certo i bambini che, infatti, all'oggetto-libro spesso si affezionano in modo così intenso da non volersene separare neppure al momento del sonno. Conosco uno di questi bambini: ha circa due anni e si addormenta solo dopo aver riposto il suo libro preferito sotto il cuscino. Al mattino, sulla sua guancia arrossata, si notano i segni di un contatto poco confortevole e troppo ravvicinato con l'oggetto in questione. Forse non sapremo mai con precisione perché un bambino sceglie di dormire con un libro sotto il cuscino. Per portare con sé la voce di chi glielo ha letto? Perché gli piace il suo odore o perché è attratto dalla brillantezza dei suoi colori? Perché il contatto con il materiale di cui è fatto gli procura una sensazione piacevole? Perché nella storia nascosta tra le pagine ha trovato un pezzetto di sé, della sua vita, della sua esperienza? Forse un po' per tutte queste ragioni messe insieme, ma quello che è certo è che ai bambini, anche molto piccoli, l'oggetto libro piace.

L'usanza di mettere tra le mani di un bebè un oggetto di questo tipo non è certo invenzione recente, né sono nuovi gli accorgimenti che richiede: lo testimoniano le culture che hanno sviluppato con il libro e la lettura, spesso per motivi legati alla pratica religiosa, rapporti più stretti di quanto siano mai esistiti nella tradizione italiana. In quella ebraica, ad esempio, era d'uso 'addolcire' i primi contatti con i libri spalmando su di essi una piccola quantità di miele. Oggi, per molte ragioni non si fa più così, ma rimane forte il desiderio di stabilire tra libro e lettore un primo contatto dolce, piacevole e interessante. E soprattutto, come direbbe Bruno Munari, sorprendente. Proprio con l'idea di sorprendere il bambino che ancora non sa leggere e che, da solo, va alla scoperta dell'oggetto libro, Munari ha inventato, quasi mezzo secolo fa, dodici piccoli oggetti quadrati e li ha chiamati pre-libri: non contengono storie, né parole, né immagini particolarmente riconoscibili, ma hanno forma di libro, hanno pagine e rilegatura e sono molto diversi uno dall'altro. Sulle loro caratteristiche così commentava Munari stesso: « Sono libri che si guardano dal diritto o dal rovescio, indifferentemente, perché non si può ossessionare un bambino di due o tre anni dicendogli che ha aperto il libro in modo sbagliato... Hanno pagine di panno, di legno, di pelliccia, di plastica trasparente, di cartoncino. Il panno morbido solletica il tatto, la plastica fredda il senso termico. Il legno che batte con un'altra pagina stimola l'udito. È il libro delle sorprese che una mamma può lasciare lì, a portata di mano del suo bambino. Quando ne ha voglia, il piccolo lo prende e lo apre ».* Con la massima libertà, mi sentirei di aggiungere: perché i libri, a cominciare da quelli che si prendono in mano da piccoli, sono soprattutto oggetti che ci rendono più liberi.

Anche l'artista giapponese Katsumi Komagata crea libri sorprendenti. Racconta di aver iniziato a usare carta e colori come strumento per comunicare con sua figlia, quando questa aveva tre mesi. All'inizio voleva solo capire su quali forme o colori si soffermava maggiormente lo

* B. Munari in Marcello Bernardi, Alberto Ugazio, Luciana Omicini, *Il tuo bambino diventa grande*, Milano, Sperling & Kupfer, 1994, pagg. 222-226.

sguardo della bambina, ma in seguito comprese che era questo il modo migliore per comunicare con lei. Da allora Komagata non ha più smesso di incantare «lettori» di qualunque età con la purezza, la varietà e l'esattezza delle forme, dei tagli e degli intagli e dei giochi di luci e ombre che si creano, come per magia, ad ogni apertura e chiusura di libro. Una fragile bellezza che sembrerebbe inadatta a mani bambine, ma di cui Komagata fa un punto di forza sostenendo la necessità di rendere i bambini consapevoli della fragilità umana e materiale e della necessità dunque di agire con attenzione e gentilezza.

Bruno Munari e Katsumi Komagata non sono certo i soli ad aver dedicato tempo e passione alla creazione di libri che sono veri e propri oggetti d'arte. L'amore per il libro ha mille modi di esprimersi e spesso trae ispirazione dal mondo dell'arte, sia essa figurativa, scenografica, grafica o architettonica. L'editore Corraini, in Italia, è quello che più recepisce e diffonde questi preziosi oggetti. A lui si deve ad esempio la pubblicazione dell'alfabetiere tridimensionale *ABC3D*, ideato (e costruito all'origine in soli 30 esemplari) da Marion Bataille. Pagina dopo pagina, le lettere dell'alfabeto si presentano al lettore con un andamento di danza e in un continuo gioco di magica trasformazione: la lettera «e» ritirandosi in parte diventa «f», la «s» ruota leggera come una girandola, la «v» diventa «w» rispecchiandosi in una carta a specchio, mentre altre ancora si ergono maestose su sfondi bianchi o neri. Un gioco? Un libro per bambini? Comunque sia un oggetto prezioso, ingegnoso e bellissimo.

Nel prossimo capitolo si parlerà di illustrazioni, di quanto queste si siano conquistate uno spazio progressivamente più grande nei libri per bambini. Lo hanno fatto attraverso un tipo di libro, l'albo illustrato, che come tutti gli altri, è anche un oggetto, ma che rispetto a tutti gli altri ha caratteristiche particolari. Ha, ad esempio, dimensioni molto variabili: tanto piccolo da poter stare nelle mani di un bambino o tanto grande da poter essere scambiato con un manifesto, a svolgimento orizzontale o verticale, con rilegatura sul lato corto o su quello lungo, con copertina rigida o flessibile, con o senza sovracopertina e risguardi, con un numero di pagine che all'origine (quando anche il formato non variava di molto) era di 32, mentre oggi può arrivare a 60 pagine e anche più. Le scelte non sono mai casuali poiché tutte contribuiscono all'armonia dell'insieme e incidono in modo significativo su come l'albo illustrato viene recepito dal lettore.

GLI OGGETTI PER IL BEBÈ: ISTRUZIONI PER L'USO

Che il libro per bambini piccolissimi (un anno, poco più o poco meno) sia spesso considerato *solo* un oggetto, lo dimostra la sterminata quantità di proposte che si abbatte ogni anno sul potenziale consumatore: libri croccanti con pagine che producono rumore, libri cuscino, libri zainetto, libri da bagno, libri da passeggino, libri da mordere per alleviare i tormenti della dentizione e così via. Proposte che hanno poco a che fare con la lettura e che acquistano significato solo se un adulto, prendendo spunto dalle loro forme, inventa storie e chiacchiera con il bambino, ma questo, se accade, accade con qualsiasi tipo di oggetto il bambino abbia in mano.

Altra cosa sono i primi « veri » libri con cui il bambino entra in contatto, ma anche questi devono essere scelti in modo consapevole e, ove possibile, acquistati in librerie di fiducia. A quali criteri attenersi nella scelta? Non solo a quelli estetici: assai più concretamente è necessario badare a sicurezza, maneggevolezza e igiene. Con un po' di senso critico si scopre, infatti, che alcuni di questi libri possono essere troppo pesanti o troppo ingombranti, troppo difficili da tenere aperti, troppo poco resistenti alle ripetute e indispensabili operazioni di pulitura, troppo poveri di informazioni relative alla non tossicità dei materiali utilizzati. Le eventuali indicazioni o precauzioni d'uso devono comparire sul libro stesso (non, come ancora succede, sull'involucro in cui è racchiuso) insieme alla certificazione di qualità della Comunità Europea.

COSA IMPARANO I BAMBINI DAI LORO PRIMI LIBRI?

I primi veri libri per bambini al di sotto dei tre anni non sono solo oggetti, possono e devono essere molto di più e da essi i bambini imparano molte cose.

Basterebbe, a questo proposito, osservare con attenzione il grado di maturità, di consapevolezza e di competenza raggiunto dai bambini che in famiglia e/o all'asilo nido sono stati abituati ad un contatto quotidiano e soddisfacente con libri e storie. Che cosa hanno imparato e che cosa sanno questi bambini?

- Sanno come è fatto un libro, come si girano le pagine e qual è il verso giusto per guardare le immagini.
- Sanno che i piccoli segni neri che compaiono sulle pagine hanno un significato e li si deve guardare secondo un certo verso: da sinistra a destra e dall'alto in basso.
- Sanno riconoscere a colpo d'occhio gli illustratori preferiti. Sanno ascoltare, sanno raccontare, sanno a memoria brevi storie e filastrocche. Sanno che dentro le storie c'è una voce che dà forma definita a tutto quanto è incerto e confuso.
- Sanno (anche se ancora non lo dicono) che le storie divertono, consolano, fanno compagnia, incantano, commuovono e muovono all'azione.

Suggestioni

« Libri-libri-libri! Ne aveva centinaia, migliaia, milioni ... e non smetteva mai di comprarne di nuovi.

Che ne farà di tutti quei libri? Direte voi. Be', molte cose. Per esempio una cosa che gli piaceva tanto era prenderli tra le mani e, delicatamente, fare *frrrr!* con le pagine ».

S. Ruiz Mignone, *I pappalettere*, Piccoli, 1999

Nell'albo illustrato di K. O'Connell George, *Libro!* (Interlinea, 2006) un bimbo di circa due anni riceve in dono un libro ed elenca i diversi modi in cui interagisce con esso.

« *Libro! Mi piace come ti apri...le tue pagine so girare...* »

All'inizio l'interazione è di carattere fisico e, particolarmente importante, è l'affermazione di saper girare le pagine. Sia che sfogli un libro per conto suo, sia che ascolti qualcuno che glielo legge, girare le pagine significa rimanere in controllo della situazione: soffermarsi su un'immagine, saltare pagine che annoiano, spaventano o infastidiscono, affrettarsi a scoprire cosa succede nella pagina successiva.

« *Posso leggerti al gatto...* »

Il libro è condivisione e imitazione, un oggetto capace di creare momenti di intimità talmente piacevoli che val la pena di riprodurli, imitando un'azione di cui il bambino è stato destinatario numerose volte.

« *Posso leggerti da sotto in su o forse usarti come cappello* »

Una vera e propria dichiarazione di diritti, assimilabile a quella che Daniel Pennac stilò a suo tempo per tutelare i diritti dei lettori adulti. Nella prima infanzia il libro, in quanto oggetto, può essere usato come giocattolo ed essere sottratto alle sue usuali modalità d'uso.

« Ti porterò con me in un posto segreto dove stare da soli io e te »

Il rapporto di amicizia con il libro è tale da far desiderare di restare in sua compagnia, proprio come fa il lettore adulto, in un angolo quieto e poco importa se ancora non si sanno leggere le parole; si leggono le immagini, si fanno previsioni sull'andamento della storia, si interpreta alla perfezione il ruolo del lettore attivo.

« E poi troveremo braccia di mamma, per leggerti insieme, prima di nanna »

È il momento cruciale, quello che dà significato al prima e al dopo. E l'immagine che lo rappresenta rimanda a quella che da sempre ha accompagnato il momento della narrazione: un cerchio che racchiude al suo interno un tipo di comunicazione che non esiste al di fuori di esso. In questo caso il cerchio è delineato da un corpo, due braccia e un libro aperto. Il bambino si trova, sicuro, all'interno ed esattamente al centro.

« Libro! Ti voglio abbracciare... E poi spalancare. Guardare e guardare... ! »

Il bambino ha necessità di ritornare più e più volte sulle stesse immagini, le stesse parole, le stesse storie. Un piacere sottile dato dalla sicurezza di ripercorrere sentieri già noti e il bisogno di avere conferme, di capire di più, di verificare l'autenticità delle emozioni mostrate dall'adulto che per la prima volta ha letto il libro per lui.

R. Valentino Merletti, L. Paladin, *Libro fammi grande*,
Idest, 2013, pag. 45

«Premi con il dito il pallino giallo e volta pagina».

«Bene! Ora premi lo stesso pallino giallo ancora una volta...»

«Perfetto! Ora sfrega delicatamente il pallino giallo di sinistra...»

«Ben fatto! E ora sfrega il pallino di destra».

«Benissimo! Ora batti cinque volte sul giallo...»

[...]

Così Hervé Tullet nel suo geniale *Un libro* (Panini, 2010) inventa un modo di fare interagire i bambini con l'oggetto libro. Eseguendo le azioni richieste se ne vedono le conseguenze, semplicemente girando la pagina.

Un gioco che ha strepitoso successo con i bambini e che è contemporaneamente un omaggio al libro anche per la sua qualità di essere oggetto.

Afferma Hervé Tullet che «nei libri, in particolare nei libri-gioco, ci sono spazi bianchi che tocca al lettore interpretare al fine di poter stimolare e quindi coinvolgere tutti i sensi dell'ascoltatore. Il bambino che si accosta per la prima volta ad un libro, non è necessariamente attratto dal contenuto del racconto, dalla sua evoluzione, dalle parole, dalle vicende della storia narrata. Per lui conta il desiderio di esplorare e capire che cosa è un libro, perché si devono girare le pagine e scoprire quali sorprese possono apparire girandole e tale situazione provoca sguardi diversi: quello dell'adulto che si diverte e quello del bambino, contento di fronte al divertimento dell'adulto.»

Il libro interattivo. Intervista a H. Tullet,
in *LG Argomenti* n. 4/2012

4.
FIGURE
Guardare, riconoscere

Racconti

Per immaginare, la mente ha bisogno di immagini. E come accade in altri casi, quando il bisogno cresce oltre un dato segno, la creatura si alza e va in cerca. Quel bisogno che spingeva mia figlia a cercare nelle macchie sul muro le forme visibili di ciò che le orecchie sentivano, e la mente formava nel vuoto, veniva soddisfatto, a intervalli, dalle figure del libro.

Appunto: a che intervalli? Chi orchestrava questa alternanza di lettura e visione?

Tutti sanno che la cadenza delle illustrazioni diminuisce gradualmente con l'età, dal pieno degli 'albi' per i piccolissimi fino al vuoto dei libri per gli adulti (fatte salve le 'graphic novel', che ora vanno di moda). Io poi più o meno sapevo, stante il mestiere, che all'interno di questa regola, a determinare quantità e qualità dell'illustrazione giocano per ogni editore scelte di stile (più ricco, più sobrio, più *appealing*, più classico, più di tendenza...), e limiti di budget (gli illustratori più bravi o più noti sono anche i più cari).

Ma queste conoscenze professionali erano del tutto estranee a quelle ore, dove le figure arrivavano per noi quando dovevano arrivare, come la pioggia o il sole, a interrompere e arricchire la lettura. Appunto: interrompere o arricchire?

Qualche volta solo a interrompere, e talvolta gravemente.

Quando arrivava la figura io tacevo e porgevo il libro aperto; mia figlia, che sapeva già il perché di quel silenzio, si voltava e guardava. Figure povere o sciatte, o che per altri indecifrabili motivi non parevano aggiungere niente a ciò che lei già sapeva della storia, ottenevano lo sguardo distratto che meritavano, e l'esortazione a riprendere il cammino al più presto. Illustrazioni al contrario troppo dense, o che mia figlia recepiva come tali (per esempio, ahimè, quelle di Lizbeth Zwerger), ottenevano lo stesso risultato: le mettevano un'autentica paura, chiedeva di passare avanti in fretta e di non tornarci più. Nei casi più estremi (*Il Mago Nasone*) abbiamo dovuto abbandonare il libro.

Qualche altra volta ero io che decidevo di saltare a piè pari una figura e tirare diritto: o perché la giudicassi, a mio arbitrio, banale e trascurabile; o perché – e qui l'arbitrio tracimava in dispotismo – non mi andava di interrompere un passaggio che *io* trovavo avvincente.

Qualche altra volta, al contrario, le figure piacevano tanto da ottenere chiamate di bis. Mia figlia chiedeva esplicitamente di tornarci (come per una figura dei *Mumin*, di Tove Jansson) anche in altri passaggi del libro, che pure avevano le proprie illustrazioni: ma lei voleva tornare indietro, per rivedere gli stessi personaggi anche in quella, che le era piaciuta.

Io guardavo, in quelle occasioni, lei che guardava. Si apriva allora uno di quegli istanti benedetti in cui un genitore trae il fiato, si riconforta nel suo cammino incerto: guarda il figlio, intento in qualche cosa, e lo sente crescere. A me pareva di sentirli, quei 'clic' segreti in lei fra l'immagine e l'immaginazione, che combaciano come specchi paralleli, d'intuire gli incrementi e i compimenti dei pensieri, l'apertura di sentieri di senso dove prima non c'erano, che portavano altrove, e da lì ovunque. E senza certezze d'analisi, che non sono il mio campo, mi compiacevo dei nutrimenti che da quei compimenti dovevano certamente conseguire. E dicevo fra me: frondeggia, mente bambina, perché c'è spazio e tempo e senso.

Perché per fortuna c'è cibo. Quel compiacimento assomigliava, e forse non per caso, a quell'atavico conforto creaturale che provavo vedendola mangiare.

Riflessioni

I *libri di figure* un tempo erano rari e preziosi e altrettanto rare e preziose erano le immagini che li abbellivano. Dopo pagine e pagine di fitta scrittura, davanti agli occhi avidi e meravigliati del lettore, si spalancava una tavola, a colori o in bianco e nero, che rimandava indietro, nel ricordo di quanto già letto, o proiettava in avanti in una anticipazione carica di aspettative e di interrogativi. Non ho dimenticato, a distanza di oltre mezzo secolo, le algide immagini che punteggiavano il mio primo libro di fiabe. Imbattermi casualmente in *quel* libro su una bancherella dell'usato è stato motivo di gioia intensa e di grande sorpresa: mi sono accorta infatti che ricordavo perfettamente tutti i particolari e che le fiabe dei fratelli Grimm, a dispetto di tutte le coloratissime versioni che ho incontrato successivamente, non avevano mai smesso di essere *quelle* conosciute a cinque anni, accompagnate da *quelle* immagini. Erano state le prime, in epoca pre-televisiva, quando tutto – non solo le immagini – era più scarso e perciò più prezioso e durevole.

Nella produzione editoriale odierna, le immagini hanno conquistato uno spazio amplissimo, tanto da rendere evidente quanto l'alfabetizzazione iconica abbia importanza pari a quella verbale e quanto l'azione del leggere risulti più complessa, ricca e articolata. A differenza di quanto accadeva un tempo, le immagini di un albo illustrato di moderna concezione non si limitano a punteggiare il testo o a illuminarne alcuni momenti salienti, ma concorrono, con modalità, stili e strumenti diversi a raccontare tutta la storia e chiedono al lettore che ascolta o legge autonomamente il testo verbale di « leggere » *contemporaneamente* le immagini e compiendo dunque un'operazione di sintesi per attribuire significato al tutto. Non sempre il procedimento è semplice: richiede acutezza visiva, spirito di osservazione, capacità di cogliere le eventuali e auspicabili contraddizioni o discrepanze tra ciò che dice il testo e ciò che mostra l'immagine. Un contrappunto ironico e sottile che, nei casi più felici, può accrescere di molto il piacere della lettura.

Nell'editoria contemporanea per ragazzi l'albo illustrato è il dominatore incontrastato: all'origine della sua storia era unicamente rivolto ai bambini che non sapevano ancora leggere. Oggi i suoi limiti di fruizione sono andati ben oltre: il grado di complessità visiva e la grande economicità del testo verbale (tale da poterlo accostare al linguaggio della poesia) lo rendono interessante e godibile in età molto diverse e, in casi sempre più frequenti, decisamente al di là dell'infanzia. Nei suoi esiti migliori, dunque, l'albo illustrato è un prodigio di sintesi narrativa e di qualità artistica: Eric Carle, uno fra i più illustri creatori di libri di questo tipo, sostiene che l'albo illustrato è il primo oggetto artistico che il bambino ha la possibilità non solo di vedere, ma di tenere tra le mani, di esplorare, di guardare e riguardare a proprio piacimento.

IL TESTO, LE IMMAGINI E ALCUNE DELLE LORO POSSIBILI INTERAZIONI

L'analisi dell'albo illustrato è materia di densi e appassionati studi a cui si rimanda il lettore interessato. Gli spunti offerti nelle righe che seguono non sono che piccole segnalazioni per invitare a una lettura più attenta che conduca a nuove possibilità interpretative.

Ecco, a titolo di esempio, quali funzioni, tra le molte possibili, può svolgere l'immagine in libri genericamente definiti « illustrati » e in albi illustrati propriamente detti. 'L'immagine può...

... svolgere una funzione puramente decorativa senza intrecciare significativi rapporti con il testo;

... svolgere una funzione descrittiva. È indispensabile nei primi libri-dizionario, negli alfabetieri, nei *concept books* e, in generale, nei libri di divulgazione, anche quando questa si intreccia con la narrativa. Accade per esempio negli splendidi e intramontabili albi di Eric Carle o nell'arguto (e altrettanto intramontabile) albo di Wolf Elbruch e Werner Holzwarth *Chi me l'ha fatta in testa?* (Salani, 2006) in cui un'arrabbiatissima talpa interroga gli animali del circondario per scoprire chi le ha procurato un maleodorante risveglio. Senza le illustrazioni non avremmo modo di verificare la veridicità delle risposte ottenute e sostenute da concretissime prove;

... svolgere una funzione di rinforzo dell'atmosfera della storia. L'illustratore la ottiene attraverso l'uso di tecniche che fanno parte del proprio bagaglio stilistico e le scelte effettuate all'interno di queste (colore, *medium*, dimensioni, punto di vista privilegiato, ecc.);

... svolgere una funzione di ambientazione storica. Si pensi allo straordinario lavoro svolto da Roberto Innocenti per l'ambientazione della fiaba di Cenerentola. Il racconto di Perrault è quello di sempre, ma il tempo e il luogo in cui si svolge non sono quelli indefiniti delle fiabe. Innocenti colloca la sua *Cenerentola* (La Margherita, 2007) a Londra, alla fine degli anni '20 dello scorso secolo. Una scelta decisamente insolita che, oltre ad ammaliare il lettore per la magnificenza delle immagini, sorprende per l'autonomia narrativa di cui l'immagine si impadronisce, autorizzando il lettore a compiere ipotesi interpretative che vanno ben oltre il testo di Perrault. Analoga se pur diversissima, è l'operazione che, ancora Roberto Innocenti, compie in *Cappuccetto Rosso. Una fiaba moderna* (La Margherita, 2012). L'ambientazione è, in questo caso, legata ad una attualizzazione del testo della fiaba, ma è altrettanto ricca di dettagli e sollecitazioni interpretative;

... svolgere una funzione di ribaltamento ironico, smentendo quanto affermano le parole. Emblematico è il caso dei mostri disegnati da Maurice Sendak per il suo più celebre libro (*Nel paese dei Mostri Selvaggi*, Babalibri, 1999). Pur annunciandosi come esseri minacciosi, le immagini ce li mostrano bruttini, ma sostanzialmente innocui. I grandi occhi rotondi, i capelli ondulati e le forme tondeggianti li rendono più simili a orsacchiotti di pezza che a mostri destinati a incutere paura. Il testo, però, (scritto dallo stesso Sendak) ci comunica che, in presenza del piccolo protagonista della storia, i mostri selvaggi «*ruggiscono terribilmente, digrignano terribilmente i denti, roteano tremendamente gli occhi e mostrano gli artigli orrendi*»... Come risolvere questa apparente contraddizione se non cogliendone tutta la carica ironica?

... rendersi complice del lettore, informandolo di eventi che il protagonista della storia non conosce e generando quindi, a seconda dei casi, situazioni di suspence o di comicità. Si veda ad esempio il divertente *Non dimenticare di lavarti i denti* (P. Corentin e F. Rocca, Babalibri, 2009);

... assumersi la responsabilità di rendere comprensibile una storia che, in mancanza di illustrazioni, non risulterebbe tale. È ciò che accade in un altro libro di Elbruch, *La notte* (e/o, 2006), in cui un bimbo insonne sveglia il papà e lo convince ad uscire di casa per fare una passeggiata. Bofonchiando che «di notte non c'è nulla da vedere» il papà acconsente ma, forse perché ha sonno o forse non solo per quello, non vede nulla, mentre il bambino, e il lettore con lui, vede di tutto e torna a casa molto soddisfatto. Analogamente nel delicatissimo *L'angelo del nonno* di Jutta Bauer (Salani, 2002) il tema della persistenza degli affetti al di là della morte, è esplicitato solo attraverso le immagini;

... offrire l'occasione di diversi livelli di interpretazione. In *Abbaia George* di Jules Feiffer (Salani, 2010), la storia di un cagnolino che invece di abbaiare ripete versi di altri animali diverte il bambino piccolo che sviluppa un senso di superiorità nei confronti di un protagonista così clamorosamente incompetente, ma sollecita al contempo (e solo attraverso l'immagine) l'identificazione di un lettore adulto che vede nella raffigurazione della mamma di George tutti gli stadi dell'esasperazione genitoriale (dalla calma, all'impazienza, alla frustrazione, all'esasperazione, all'ansia, alla disperazione...);

... inglobare in se stessa i caratteri del testo trasformandoli in immagine: si veda ad esempio *Bau miao cip-cip* di Cécile Boyer (Panini, 2011);

... eliminare completamente il testo e raccontare da sola una storia. Qui gli esempi sarebbero davvero molti, trattandosi di una vera e propria tipologia di albi illustrati denominata *wordless* o *silent books*, cioè libri senza parole;

L'elenco potrebbe continuare quasi all'infinito poiché davvero tante sono le potenzialità del codice iconico che, per sua natura, è più ambiguo e polivalente del linguaggio verbale. Un'occasione importante per stimolare la curiosità del bambino e prolungare i suoi tempi di attenzione.

IL RACCONTO PER IMMAGINI O *GRAPHIC NOVEL*

L'ultima frontiera dell'intreccio tra narrativa e immagine sembra appartenere al *graphic novel* o racconto per immagini. A prima vista poco o nulla sembrerebbe distinguere questo nuovo genere editoriale dal fumetto, se non una maggiore lunghezza dei racconti e una veste editoriale che gli conferisce l'aspetto di un libro. Il *graphic novel*, tuttavia, si impone all'attenzione di un pubblico decisamente più vasto di quello del fumetto, conquista spazi maggiori sugli scaffali delle librerie e delle biblioteche e rifiuta apparentamenti troppo stretti con il fumetto, rispetto al quale, rivendica oltre alla diversa veste editoriale, una maggiore complessità narrativa e un ampliamento dei temi trattati. Il prototipo cui si assegna la consacrazione del genere è tutt'altro che recente. Risale al 1973, anno di pubblicazione di *Maus* (Einaudi, Stile Libero extra, 2010), il capolavoro di Art Spiegelman, ancor oggi ritenuto autore di una delle opere più vigorose e drammatiche della sterminata bibliografia di testi sul tema dell'Olocausto. Decisamente inadatto alla lettura ad alta voce, il racconto per immagini invita alla lettura di chi ha acquisito una buona famigliarità col fumetto e si lascia scoraggiare da narrazioni composte unicamente di parole.

Oltre a trattare temi di attualità o a porsi come testimone di drammatici eventi di vita vissuta (*Persepoli*, di Marjane Satrapi, Rizzoli Lizard, 2007) il racconto per immagini propone spesso (e con ottimi esiti vista la qualità degli autori) la rivisitazione di grandi classici quali ad esempio *Le avventure di Huckleberry Finn*, riproposto da Lorenzo Mattotti (Orecchio Acerbo, 2012) o *Il mago di Oz* di David Chauvel e Enrique Fernandez (Tunuè, *2012)* o ancora *Il giro del mondo in 80 giorni* disegnato da Aude Soleilhac (Tunuè, 2012).

Suggestioni

Il libro di figure d'inverno

L'estate muore, l'inverno è arrivato,
mattine gelide, il naso gelato
i corvi volano nelle albe scure
io qui coi libri delle figure.

Ora che l'acqua si è mutata in sasso
ci posso camminare sopra al passo,
e guardo il fiume dalle alture
dentro il mio libro delle figure.

Tutto qui sembra aspettare
chi apre il libro per guardare
greggi, alberi, creature,
dentro il mio libro delle figure.

Qui le cose sono chiare,
qui o là, in città o sul mare,
fate in volo, azzurre e pure
dentro il mio libro delle figure.

Non loderò mai abbastanza
quei giorni al camino nel caldo della stanza
con Cummye con le sue dolci premure
sfogliando il mio libro delle figure.

R.L. Stevenson, *Il mio letto è una nave*, Feltrinelli, 1997

Imparare a leggere un'immagine

Lo studioso Perry Nodelman* ha dedicato molta attenzione all'esame delle capacità necessarie per compiere un'operazione apparentemente molto semplice: leggere un'immagine. Ha preso, ad esempio, un'immagine tratta da un *picture book*** destinato a bambini in età prescolare e ha valutato l'elevato numero di convenzioni che dovevano essere conosciute ed accettate per saperla leggere. In essa si vede un uomo, disegnato al tratto, in piedi, davanti alla sua casa. Il testo verbale sottostante dice: « Questo è Mr. Gumpy » « Certo – dice Nodelman – il disegno assomiglia a Mr. Gumpy più di quanto non gli assomiglino le lettere che compongono la frase di testo, tuttavia, l'immagine di Mr.Gumpy sarebbe priva di significato, apparirebbe come un guazzabuglio di linee se chi l'osserva non possedesse una sua pur generica conoscenza di che cos'è un'immagine. Ed è la conoscenza pregressa a far capire che il « vero » Mr. Gumpy è diverso dalla sua immagine. Per dirne una, non è alto 10 centimetri, non è piatto e bidimensionale, i suoi occhi non sono semplici macchioline nere (...) Le conoscenze pregresse servono anche a far capire quali elementi della rappresentazione appartengono alla realtà e quanti fanno parte del *medium* o dello stile di rappresentazione. Per la stessa ragione si deve capire che il cielo che sovrasta Mr. Gumpy non si esaurisce entro i pochi centimetri della cornice che lo contiene, né, tanto meno, che la casa alle spalle è più piccola dell'uomo che le sta di fronte, o è attaccata al suo braccio (...)

Forse – conclude Nodelman – sto esagerando nel descrivere il grado di difficoltà che le immagini richiedono per essere decodificate. Dopotutto, anche nel mondo reale gli oggetti lontani ci appaiono più piccoli di quelli che ci stanno vicini. Ma se ciò è vero, è anche vero che gli artisti hanno mostrato interesse nel cer-

* P. Nodelman, « Decoding the Images: Illustration and Picture Books », in P. Hunt, *Understanding Children's Literature*, Routledge, 1999, pag. 69 e seg.

** J. Burningham, *Mr. Gumpy's Outing*, H. Holt, 1970.

care di testimoniare quel fatto – quello che noi chiamiamo prospettiva – solo dal Rinascimento in poi, e anche allora principalmente in Europa e nelle culture influenzate dall'Europa. Non tutte le immagini cercano di rappresentare la prospettiva (...) i bambini devono imparare queste convenzioni prima di riuscire a ricavare senso da queste immagini. Quelli che possono accuratamente interpretare l'altezza relativa di Mr. Gumpy e della casa lo fanno sapendo che l'immagine rappresenta il modo in cui le cose appaiono all'osservatore nella realtà ». Per acquisire conoscenza e imparare che l'immagine non è la realtà, ma una rappresentazione di essa, il bambino deve compiere un grande sforzo e sarà tanto più agevolato nel compierlo quanto più avrà avuto modo di esaminare, confrontare, catalogare immagini diverse, disponendo del tempo e del sostegno necessari per svolgere con successo queste operazioni mentali.

R. Valentino Merletti, L. Paladin, *Libro fammi grande*,
Idest, 2012, pag. 53

5.
TEMPO
Quando, quanto

« Romanzi, avventure, parole e figure / Le ore azzurre delle letture / Tu senza orologio le misurerai / I libri non finiscono mai ». Così cantava una canzone della Melevisione, di cui scrissi il testo.

E così è per certi lettori adulti, che possono leggere senza orologio a piacimento, per un intero pomeriggio d'estate, per tutta una notte insonne, o per altre simili piccole eternità. Ma così non era per mia figlia, cui un preciso orologio paterno scandiva quando leggere, quanto leggere, e talvolta come ignorare il suo stesso rintocco.

Quando leggere. C'era un tempo fisso, rituale, da dopo cena fino al sonno, e un tempo speciale, che poteva aprirsi, secondo le occasioni, in varie ore della giornata.

Il tempo rituale era diviso in due momenti: il dopocena sul parquet, e poi il letto. Nel primo il libro si contendeva le serate con puzzle, lego, chitarra, e altre cose di dominio paterno (alla mamma, che aveva retto la giornata, spettava dopo cena qualche ora per conto suo); l'ultimo atto della sera, a letto prima di spegnere, era sempre consacrato alla lettura. L'idea che guidava la rinuncia alla tv dopo cena era semplice: facciamo qualcosa noi. Se ci annoiamo – e capitava – è noia nostra.

Il tempo speciale poteva aprirsi a qualsiasi ora, con un bel gusto di lusso e trasgressione, in giornate di festa o malattie, quando mia figlia stava con me, che lavoro a casa.

In questo tempo straordinario, alla luce del giorno, la bambina era più riottosa ad accettare il rintocco dell'altro orologio, quello che scandiva *quanto* leggere. « Basta, perché devo lavorare ». « Basta, perché mi sta venendo sonno: dormo un po', perché poi devo lavorare ». Lei andava in bestia: il lavoro, intuito come forza maggiore, poteva anche passare, ma che mi venisse sonno anche alla luce del sole...

Di notte un aiuto prezioso talvolta lo davano i libri. Quelle magnifiche chiuse di capitolo in cui il protagonista (primo fra tutti Frodo del *Signore degli Anelli*), in un bivacco, stremato d'avventure, proprio nell'ultima riga sprofondava nel sonno; allora la fatale sequenza di chiudere il libro, dare il bacio e spegnere la luce, era accolta in assorto silenzio. Come qualcosa che accade ancora dentro il libro. E forse era così.

La bandierina della tappa del giorno era comunque piantata, ove possibile, alla fine di capitoli, di paragrafi, di capoversi, o in mancanza di questi nei punti risolutivi di qualche situazione. Quando si avvicinava l'ora (col passare degli anni le nove e mezzo, poi le dieci, poi le dieci e mezzo), l'occhio esplorava le pagine avanti in cerca di queste brecce. E mi son sempre chiesto se chi scrive (o edita) libri per bambini non predisponga a bella posta 'pezzature' (capitoli, paragrafi) adeguate a una tappa media di lettura, con tanto di begli svincoli d'uscita. Da autore che scrive non mi è mai passato per la testa, né credo mi passerà; da papà che legge, queste stazioni di fermata con svincoli le avrei apprezzate. Addolcirebbero il compito di consolare la piccola ribellione di ogni sera, con la sua mesta marsigliese: « Ancora! »

« No, è ora di spegnere ». L'orologio del papà – così dev'essere – prevaleva su quello della figlia. Il guaio era quando l'orologio del libro prevaleva su quello del papà. Certi libri, o certi passaggi in certi libri, erano così belli e soggioganti che, arrivata la fine del capitolo, ammiccava l'inizio dell'altro come un malefico Paese dei Balocchi. E il lettore, irto di scrupoli paterni per l'indomani, il sonno, la scuola, la mamma che sporge la testa, il brutto esempio di flessione delle regole, dopo una breve lotta si arrendeva: « Solo un pezzetto, eh? »

Non l'ho mai vista ma penso che la figlia, nel girarsi verso il muro, sorridesse.

Riflessioni

Tempo e lettura costituiscono un binomio indissolubile. Non solo perché per leggere ci vuole tempo, ma soprattutto perché il tempo della lettura è diverso da tutti gli altri e per farlo (oggi più che mai) si deve, per così dire, « crescere dentro ». Ecco perché si insiste molto sulla necessità di far conoscere al bambino, a partire dai primi mesi di vita, il tempo che invece di affrettare, rallenta, invece di anticipare, ritarda, invece di frantumare dà completezza all'esperienza.

Il tempo della lettura ad alta voce è ancora più lento di quello della lettura silenziosa. Lo è per ragioni fisiche, che hanno a che fare con il tempo necessario ad articolare le parole con la voce, rispetto a quello necessario per far scorrere lo sguardo sulla pagina, ed è certamente un bene che sia così, poiché la lentezza consente alle parole di depositarsi nella mente e trasformarsi in immagini.

Tempo e lettura hanno anche altri importanti legami: i libri sono tanto più portatori di doni quanto più ci si imbatte in loro al momento giusto. Spesso questo tempo non è per nulla rispettato e i libri arrivano troppo presto o troppo tardi determinando una risposta negativa, difficilissima da cancellare: frustrazione e disinteresse in un caso, noia se non addirittura sdegno e disprezzo nell'altro. Sempre più, oggi, si tende a far crescere i bambini in fretta e anche l'età di fruizione dei libri si abbassa. Si potrebbe crederlo un fatto positivo e in alcuni casi può esserlo. Più spesso, tuttavia, è indice di disattenzione e superficialità da parte di adulti che non tengono conto che i bambini, il più delle volte mostrano di sapere cose che però non capiscono o non capiscono in modo completo e soddisfacente. Non sempre, inoltre, l'acquisita capacità di decifrare testi linguisticamente complessi corrisponde ad una maturità emotiva altrettanto evoluta.

QUANTO DURA LA LETTURA DI UN LIBRO?

Normalmente, per i libri che siamo abituati a maneggiare da adulti, la lettura dura il tempo necessario per far scorrere l'occhio su tutte le pagine che lo compongono. I lettori più appassionati sanno abbreviare i tempi di lettura chiedendo agli occhi di racchiudere un intero paragrafo in un unico sguardo e intimando al cervello di assimilarlo come se si trattasse di una immagine. Tanta rapidità, va detto a consolazione dei lettori normali, va spesso a scapito della qualità della lettura e della possibilità di estrarre da un testo non solo le informazioni che contiene, ma anche il modo in cui tali informazioni sono state confezionate. Quasi che la bellezza dello stile, il ritmo e la sonorità della prosa fossero componenti pressoché superflue. Un pregio della lettura ad alta voce è dunque quello di dare risalto alla bellezza del testo, di rispettarne il ritmo, se non addirittura il respiro che l'autore gli ha impresso. Per cominciare sarebbe sufficiente abituarsi a badare alla punteggiatura....

Altri importanti fattori, tuttavia, determinano il tempo di lettura con i bambini (specie con quelli più piccoli). Uno tra questi è la presenza di immagini e la loro alternanza con il testo, di cui si è parlato nel precedente capitolo. Il tempo di lettura degli albi illustrati è assai variabile ed esige di essere rispettato. Talvolta le parole sono pochissime, ma le immagini, come abbiamo visto, possono richiedere un tempo lungo per essere esaminate e assimilate.

Per i bambini molto piccoli, al di sotto dei tre anni di età, i tempi della lettura, o per meglio dire, i tempi dell'ascolto di una storia letta ad alta voce, sono ancora più imprevedibili, ma saranno tanto più lunghi (o relativamente più lunghi) in base all'abilità dell'adulto di coinvolgere attraverso l'azione, la ripetizione e il dialogo, il bambino stesso nella lettura. A meno che lo scopo della lettura sia quello di accompagnare il bambino nel sonno e di favorire quindi un suo ruolo di ascoltatore passivo, altri momenti di lettura dovrebbero essere improntati alla massima interattività. Chiedere al bambino di intervenire nella lettura, vuol dire attendere i suoi tempi di risposta, rispettare le sue divagazioni, favorire la ripetizione di intere frasi o di singole parole, assecondare i suoi cambi di umore, porsi in un atteggiamento di ascolto incondizionato.

IL TEMPO DELLA LETTURA CON UN BAMBINO DEVE ESSERE:

- Lungo quanto basta per dare rilievo all'esperienza, breve quanto necessario per non annoiare. In pratica, dovrebbe durare tanto quanto lo desidera il bambino. Compito del lettore adulto è quello di far desiderare al bambino tempi progressivamente più lunghi.
- Quotidiano: è importante creare, fin da quando il bambino è molto piccolo, una piacevole abitudine ad avere a che fare con i libri, tutti i giorni.
- Ripetuto più volte nel corso della giornata. A parte quello rituale, prima del sonno, altri brevi momenti possono essere sfruttati. È un buon modo, questo, per creare una sorta di camera di decompressione tra le attività della giornata e riaffermare l'esistenza di uno spazio di condivisione e di reciproco piacere.
- Quieto, quando è necessario (ad esempio prima del sonno), ma anche allegrissimo e movimentato in altri momenti della giornata. Ai bambini piace moltissimo ridere e, se la risata è condivisa, il piacere diventa quasi estasi.
- Libero, da ricatti e baratti, da distrazioni e costrizioni, da insincerità e superficialità, da rimproveri e divieti, da compiti e valutazioni.

LETTURA AD ALTA VOCE? SÌ, MA NON SOLO

In tempi non troppo lontani e più belli di quelli attuali (si era alla fine degli anni '70) gli Stati Uniti furono pervasi da un gran fervore di attività volte a promuovere la lettura per bambini e ragazzi. Ci si era infatti resi conto, per tempo, che le nuove abitudini di vita e le nuove tecnologie stavano mettendo a serio rischio il tempo da dedicare a una delle attività considerate fondanti per ogni tipo di apprendimento. Dichiarando provocatoriamente che « la scuola non deve insegnare a leggere, ma insegnare a voler leggere » fu dato nuovo impulso e nuovo status alla circolazione di libri all'interno delle aule e delle biblioteche scolastiche. La lettura ad alta voce venne individuata come strategia indispensabile sul percorso di formazione di un lettore, ma non venne trascurata la necessità di creare un'attitudine individuale al contatto con la parola scritta. Ben sapendo di non poter troppo contare sul sostegno delle famiglie, la strategia adottata fu quella di inserire, nell'organizzazione del tempo scolastico, un tempo da dedicare alla lettura individuale. Al suono di un campanello, come per incantesimo, tutte le attività scolastiche dovevano interrompersi e tutti, insegnanti, bidelli, dirigenti, segretari e allievi, dovevano iniziare a leggere, scegliendo, ciascuno, ciò che più gradiva. Fumetti o poesie, romanzi o ricette di cucina, tragedie shakesperiane o riviste di sport... L'importante era l'atto del leggere, l'attenzione che vi si poneva e l'abitudine a farlo, osservando altri farlo. Per identificare questo tempo e suggellarlo in modo suggestivo si ricorse ad acronimi quali D.E.A.R. (Drop Everything And Read cioè, lascia ciò che stai facendo e leggi) o S.S.R.T. (Sustained Silent Reading Time o tempo sostenuto di lettura silenzionsa). Chissà se mai accadrà, in Italia, di udire un campanello che, con queste o altre modalità, sappia fermare un tempo troppo frenetico e mettere in moto quello della lettura?

Suggestioni

Il mondo sta fermo, il cuore si muove
È qui il cantastorie con le storie nuove
Il sole sta fermo e più non tramonta
È qui il cantastorie che adesso racconta
Il tempo sta fermo e tutti i minuti
Si sono già messi seduti

B. Tognolini, *RIMA RIMANI*, Nord-Sud, 2007

Il tempo della rilettura

« La rilettura è una fonte di godimento che i bambini ben conoscono. Ricordo un'estate di lettura ad alta voce, in una cerchia infantile, del romanzo di Tove Jansson *Il cappello del Mago*. Non si faceva in tempo a finire che tutti quanti lo volevano ascoltare ancora una volta.

Era interessante studiare la tensione colma d'attesa che si veniva a creare in prossimità di certi punti salienti densi di emozione. Il Mumintroll viene trasformato in una creatura irriconoscibile dal potere magico del cappello. Egli si rivolge implorante ai propri amici ma questi scuotono il capo. Non lo riconoscono. Il Mumintroll è escluso dalla cerchia famigliare e non esiste più. Nel petto degli ascoltatori il cuore rallenta di paura, perché tutti sanno cosa significhi essere tagliati fuori.

Infine, in preda al panico, il Mumintroll si rivolge alla propria madre, la Muminmamma, quella con la sporta. Dopo un attimo di esitazione – tensione insopportabile! – ella dice: – Ma certo che sei tu, il mio Mumintroll! – L'incantesimo è spezzato e il Mumintroll riacquista il proprio aspetto normale.

La prima volta che si legge questa storia, la tensione è quasi intollerabile. La seconda volta c'è sia la tensione che la tranquillità derivante dal fatto che si sa già come va a finire. Quanto a noi, leggemmo *Il cappello del Mago* una terza volta ».

O. Lagercrantz, *L'arte di leggere e scrivere*, Marietti, 1987

Il libro di Tove Jansson a cui si fa riferimento è pubblicato in Italia con il *titolo Il cappello del Gran Bau*, Salani, 1993

Albo e tempo

Nel considerare il rapporto tra la temporalità e l'albo illustrato ci si trova immediatamente di fronte a un bivio: esiste un tempo del libro e un tempo del lettore. Un bivio che ritorna anche per altre forme narrative, ma che assume forme specifiche in relazione a ogni medium.
Se consideriamo il linguaggio dell'albo si può constatare la varietà e la quantità di strumenti con cui esso può giocare con il tempo: la scelta di uno stile figurativo che può comunicare velocità o lentezza, movimento o fissità, e aiutare una lettura rapida o al contrario può invitare a soffermarsi; la composizione dell'immagine che determina un ritmo visivo e impone al lettore di comprendere cosa accade prima, dopo e durante, quali sono le pause e le durate; il montaggio che si presenta nella varietà delle inquadrature e nei salti temporali ogni volta che giriamo pagina; il rapporto tra le parole e le immagini, la quantità delle prime e le dimensioni delle seconde, la loro collocazione sulla pagina; l'eventuale segnalazione esplicita di elementi temporali con parole o immagini.

E. Varrà In Hamelin, *Ad occhi aperti. Leggere l'albo illustrato*, Donzelli, 2012, pag. 73

6.
LUOGO
Dove

« Semper pacem quesivi et numquam invenii, nisi in angulo cum libro ». Le citazioni logore come vecchi cacciaviti sono, evidentemente, quelle che hanno funzionato meglio e più a lungo. Abelardo dichiara d'aver sempre cercato la pace e mai averla trovata se non nel celebre 'angolo col libro'. È il libro che fa desiderabile l'angolo, o è l'angolo che fa desiderare il libro? Vi son persone che, vedendo un bel posto, o meglio un certo tipo di bel posto, dicono: qui leggerei bene un intero pomeriggio. Luogo e libro intrattengono fra loro uno scambio di specchi paralleli, un circolo virtuoso di benessere: si rendono belli a vicenda.

Ma tutto questo comincia pure in qualche luogo e con qualche libro, alla fonte. I primi luoghi e i primi libri quali sono? Quelli che condividevo con mia figlia, in parte, parlando d'altro, li ho già detti: il pavimento dopo cena, il lettino, il lettone. Ho tralasciato un luogo, che per rispetto di legittimi pudori non approfondirò: il bagno. Finché mia figlia è stata piccola, il bagno era la seconda stazione sulla via della notte: il pavimento, il bagno, il letto. Quando è cresciuta, e io sono uscito da quel bagno, le tre tappe son diventate due.

Questi erano i luoghi nostri, dentro casa, caratterizzati da luci e ombre, giacigli o sedili, cose da fare o da guardare, o anche solo vaghe aure e Genius Loci, che li facevano diversi uno dall'altro e ci facevano dire « leggiamo qui », « leggiamo lì ».

Poi, fuori da questi luoghi nostri, c'era il mondo. Mettere il libro in borsa, uscendo, era già una scelta precisa, che presupponeva un giudizio. Andiamo ai giardini: libro. In casa di amici: niente libro. In viaggio in treno: libro. Dal pediatra, dove c'è coda: libro. In spiaggia a fare il bagno: non insistere, niente libro (ma da quando legge da sola, libro anche lì).

Leggere fuori, nel mondo, comportava svantaggi di cui

parlerò, e attrattive che però li superavano. C'erano posti che meritavano un libro, e libri che meritavano un posto.

In qualche viaggio in luoghi belli e favolosi – forse nell'Abbazia di San Galgano, o forse alla Cascata delle Marmore; o anche solo nel Parco Talòn di Bologna, ma in un recesso diroccato e avventuroso – capitava che mia figlia mi dicesse: «Fermiamoci, papà, leggimi qui». Io acconsentivo, ma con misura: perché poi era bene esplorarlo per quello che era, quel posto, passeggiarlo, cimentarlo con giochi e costruzioni; magari leggere, se ne avevamo le risorse, la sua propria storia, non un'altra che lo prende in prestito come scenario.

L'ultimo caso, straordinario, che è accaduto solo una volta ma per questo si ricorderà, è quello di un viaggio in cerca di un luogo speciale per una lettura speciale. Ho letto a mia figlia, dai cinque anni ai sette, *Il Signore degli Anelli*. È stata un'impresa lunga e gloriosa, di cui ancora parlerò. Così lunga e gloriosa che le ultime venti pagine andavano pur celebrate con qualche degna liturgia.

Siamo partiti in treno da Bologna per Rimini. Non so perché Rimini: forse solo perché è il mare più vicino, e un isolano di Cagliari ha bisogno di quell'orizzonte per gli inizi e le fini. Siamo arrivati, abbiamo noleggiato una bici con seggiolino, siamo andati in un giardino e abbiamo letto le prime dieci pagine. Poi ci siamo trasferiti sulla spiaggia e abbiamo letto la fine, in faccia al mare.

I libri sono importanti, i luoghi sono importanti. E ogni tanto, nelle vite, è bene lasciare accadere cose importanti.

Riflessioni

Tra i ricordi della prima infanzia che ricorrono più di frequente nelle biografie o autobiografie di scrittori e poeti, c'è quello relativo alle prime esperienze di ascolto di storie. Ecco come ce lo racconta una scrittrice americana del primo novecento:*

« Fin da quando avevo non più di due o tre anni, ho imparato che ogni stanza della nostra casa, a qualsiasi ora del giorno, era lì perché qualcuno leggesse o ascoltasse qualcuno leggere. A me leggeva la mamma. Di mattina nella camera da letto grande, sedute insieme sulla sedia a dondolo che ticchettava ritmicamente, mentre ci dondolavamo, come se un grillo accompagnasse la storia. Nei pomeriggi d'inverno in sala da pranzo, di fronte al caminetto, con l'orologio a cucù che suggellava la fine della lettura, e di sera, quando m'infilavo nel letto. Probabilmente non le davo tregua e a volte la mamma mi leggeva in cucina, mentre sbatteva il burro nella zangola e il battito regolare dello stantuffo accompagnava ogni storia ».

Ai tempi dell'infanzia di Eudora Welty non c'erano le distrazioni di oggi e quindi ogni luogo della casa poteva essere ritenuto adatto alla lettura o all'ascolto. Oggi è necessario avere qualche accortezza in più per eliminare almeno gli elementi di disturbo più invadenti.

Com'è facilmente intuibile, però, ciò che più conta nel delimitare uno spazio ottimale per la lettura, è la creazione di uno spazio mentale: la quiete e la serenità dell'ambiente in cui si legge dovrebbe accompagnarsi ad un reale stato di quiete mentale, a una tregua nella lotta contro la tirannia

* E. Welty, *One writer's Beginnings*, Warner Books, New York, 1983 pag. 12

del tempo e a un'autentica disponibilità a lasciarsi coinvolgere.

Oltre agli spazi casalinghi la lettura rivolta ai bambini trova accoglienza in un numero crescente di luoghi. Si è senza dubbio intensificata negli asili nido e nelle scuole per l'infanzia, dove sono stati predisposti opportuni « angoli morbidi », ma sono state soprattutto le biblioteche di pubblica lettura a compiere un gran salto qualitativo. In numero crescente e con crescente consapevolezza e competenza i bibliotecari compiono talvolta veri e propri miracoli per trasformare vecchi spazi e renderli più accoglienti e più adatti alle esigenze dei bambini, per strappare nuovi spazi in cui ospitare nuove ed aggiornate collezioni di libri, per allestire mostre, organizzare incontri, corsi di formazione e informazione e, in generale, per migliorare la qualità dei servizi offerti. È stato confortante osservare, negli ultimi decenni, il progressivo avvicinarsi dell'Italia agli standard consolidati delle biblioteche europee, specialmente per quanto riguarda l'accoglienza e la cura dei bambini. Molto, purtroppo, rimane ancora da fare e alcune zone d'Italia soffrono di una grave carenza di questo tipo di servizio.

A fianco delle biblioteche, le librerie specializzate in libri per ragazzi svolgono con passione e professionalità il non facile compito di far conoscere i libri migliori, quelli che non trovano spazio nella grande distribuzione, di lasciarli manipolare da manine non sempre esperte, di farli « assaggiare » dalla voce di librai-lettori e di farli discutere, alla presenza di genitori, insegnanti e bibliotecari, da esperti di settore o dagli autori stessi che li hanno scritti.

Nel mondo della promozione della lettura c'è un brulichio di attività, spesso misconosciuto, che meriterebbe più attenzione, se non altro per la sua portata rivoluzionaria: il suo fine è infatti quello di cambiare il mondo, popolandolo di soggetti capaci di pensare, di discutere e di appassionarsi.

LUOGHI INSOLITI

Non solo biblioteche, librerie, asili nido e scuole dell'infanzia si propongono come luoghi in cui ribadire ai genitori l'importanza della lettura ad alta voce, ma – a partire dal 1999 e nell'ambito del progetto nazionale *Nati per Leggere* (www.natiperleggere.it) – anche gli ambulatori pediatrici, i centri nascita, i consultori famigliari e i reparti ospedalieri di pediatria diventano luoghi di lettura in cui si avvicendano volontari che leggono ai bambini e in cui il personale sanitario (medici pediatri in testa) richiamano l'attenzione dei genitori sulla necessità di « insegnare ai loro bambini l'amore per la lettura, attraverso un gesto d'amore ». In queste semplici parole è racchiuso il messaggio del progetto *Nati per leggere*, promosso dall'Associazione Culturale Pediatri insieme all'Associazione Italiana Biblioteche e al Centro per la Salute del Bambino Onlus di Trieste che, in pochissimi anni si è diffuso in modo capillare su gran parte del territorio nazionale e che mira a creare, intorno al valore della lettura e in particolare a quello della lettura ad alta voce con bambini da 0 a 6 anni, una vera e propria rete di sostegno per far comprendere ai genitori la natura dei benefici che da questa semplice pratica può scaturire, aiutarli nella scelta dei libri più adatti e mostrare ai più scettici e dubbiosi con quanto interesse e piacere bambini anche molto piccoli accolgono il dono di una storia.

L'idea che le storie possano essere vissute come dono e possano portare conforto in luoghi toccati dal dolore ha dato vita a iniziative molto concrete sostenute da schiere di volontari. È stato così in occasione degli eventi sismici che hanno colpito l'Abruzzo e l'Emilia Romagna. Nei campi allestiti per accogliere chi era rimasto senza casa hanno fatto la loro comparsa grandi furgoni pieni di libri con l'intento di creare, soprattutto per i bambini, spazi e momenti di serenità. Complesso, articolato e duraturo è stato ed è il progetto di creare una vera biblioteca a Lampedusa, per i bambini e ragazzi dell'isola, ma anche per quelli che su quell'isola transitano e hanno bisogno di tutto e non solo di beni materiali.

LIBRI E LETTURA A DOMICILIO

Antonio La Cava è un insegnante e vive a Ferrandina, in provincia di Matera. Ha un'autentica passione per i libri, ed è lapalissianamente convinto del fatto che dove non ci sono libri è difficile che ci siano lettori. Per garantire la presenza dell'indispensabile materia prima ha trasformato un piccolo motocarro in biblioteca ambulante e, con un carico di un migliaio di volumi, si avventura, giorno dopo giorno, nei paesi, nelle frazioni, nei casolari della sua provincia portando libri a chi non dispone né di una biblioteca pubblica né di una libreria. I suoi utenti sono soprattutto ragazzi: al suo arrivo, circondano festosamente il traballante veicolo, ansiosi di scoprire le novità e di scambiare qualche parola con il maestro-bibliotecario. Oltre che essere utenti di questa singolare biblioteca, i ragazzi si impegnano ad aiutare il bibliotecario nell'impegnativa impresa di consegnare a domicilio (nell'ora e nel giorno specificati nella richiesta), i libri che gli abitanti dei paesi visitati dal «bibliomotocarro» desiderano leggere. Libri che Antonio La Cava riesce sempre a procurarsi e che puntualmente e immancabilmente fa consegnare a domicilio dai suoi ragazzi-postini. Il servizio si chiama «libri al citofono» e credo di poter affermare che, con tutta probabilità, si tratta di una iniziativa più unica che rara.

Non così rare sono invece le iniziative di lettori che, riuniti in piccole associazioni o a titolo personale, offrono serate di lettura ad alta voce presso famiglie che decidono di spegnere la televisione e aprire le orecchie all'ascolto di storie. Altrettanto numerosi sono i personaggi che si propongono come «babysitterlettori» per gruppi più o meno folti di bambini, o che si offrono in alternativa a maghi, giocolieri, prestigiatori o animatori durante le festicciole dei bambini.

IL LUOGO PRIVILEGIATO: LE GINOCCHIA DEI GENITORI

Come tutti gli amori che si rispettano, anche l'amore per la lettura è soggetto a colpi di fulmine che possono cogliere dappertutto, inaspettatamente. La freccia può scoccare persino dagli schermi televisivi (nelle rare occasioni in cui, in televisione, si parla di libri) o dagli schermi cinematografici. Più mirate e più capaci di colpire a fondo sono quelle che provengono dalle molte occasioni in cui è possibile incontrare autori o illustratori che in prima persona raccontano come sono fatti i loro libri e perché desiderano che siano letti. Non a caso, tali incontri, in librerie, biblioteche, scuole, festival di lettura e fiere, aumentano di numero in misura quasi impressionante. Il vociante fervore intorno al libro e alla lettura è, a suo modo, importante e meritorio, ma corre il rischio di creare lettori poco più che occasionali, con passioni che durano lo spazio di un amoretto estivo. Altra cosa è l'amore che si costruisce poco alla volta, con azione metodica e consapevole. Si diventa lettori leggendo e scoprendo, a poco a poco, che le storie si nutrono di altre storie e tutte vanno a confluire nel gran mare in cui tanto meglio si naviga quanto più si conoscono insidie e meraviglie. Il luogo d'elezione, per l'inizio di questo viaggio, è il grembo dei genitori: lo affermano studi serissimi che hanno indagato con scrupolosità puntigliosa le abitudini infantili di grandi lettori adulti. La scintilla, diventata poi divampante passione, è scoccata lì, mentre se ne stavano accoccolati, giorno dopo giorno, tra le braccia di mamma o papà. Con un libro aperto in mano.

Suggestioni

« Naftali andava di città in città, fermandosi spesso nei villaggi per vendere i libri di racconti. Dovunque i bambini si affezionavano a lui e al suo cavallo Sus, cui portavano da casa ogni sorta di cose buone – bucce di pomodoro, rape e zollette di zucchero – e, ogni volta che riceveva qualcosa da mangiare, Sus agitava la coda e scuoteva la testa, a significare: « Grazie ».

Non tutti i bambini erano in grado di studiare e imparare a leggere, perciò Naftali ne riuniva alcuni, li faceva sedere nel carro e raccontava loro una storia, a volta vera, a volte inventata.

Dovunque andasse, Naftali udiva racconti di ogni genere: di demoni, elfi, mulini a vento, giganti, gnomi, re, principi e principesse. Sapeva raccontare bene una storia, con tutti i particolari, e i bambini non si stancavano mai di ascoltarlo. Persino gli adulti venivano a sentire le sue storie, e spesso qualcuno invitava il narratore a casa sua, per un buon pranzo o per dormire al chiuso. Anche a loro piaceva dare qualche leccornia a Sus.

Se una persona fa il proprio mestiere non soltanto per denaro, ma con amore, lo stesso amore lo fa sgorgare dagli altri. Se un bambino non poteva permettersi un libro, Naftali glielo regalava. Presto divenne noto in tutta la regione ».

I.B. Singer, *Naftali il narratore e il suo cavallo Sus*,
Salani, 2010, pag. 20

« Da quel giorno appena sua madre usciva, Matilde faceva una passeggiatina fino alla biblioteca. Ci metteva solo dieci minuti e poi, tranquillamente seduta, trascorreva due ore meravigliose in un angolo accogliente e quieto, divorando un libro dopo l'altro ».

R. Dahl, *Matilde*, Salani, 1995-2008, pag. 12

« Un bel giorno, un leone entrò in biblioteca. Passò davanti al bancone dell'ingresso e salì dritto verso le sale di lettura. Il signor Magretti corse attraverso il salone e lungo i corridoi, verso l'ufficio della capo-bibliotecaria « Signorina Brontolini! » gridò.

« Non si corre! » lo interruppe lei, senza alzare gli occhi dalla scrivania.

« Ma... c'è un leone! » replicò il signor Magretti. « Qui, in biblioteca! ».

« Ha infranto qualche regola? » s'informò la signorina Brontolini. Era molto severa su questo argomento.

« Beh... no... » rispose il signor Magretti, « non proprio ».

« Allora lasciatelo in pace ».

Il leone vagò per tutta la biblioteca.

Annusò le schede di catalogazione.

Si grattò la schiena contro alcuni libri.

Poi andò con passo felpato verso l'angolo di lettura dei bambini e si mise a dormire.

Nessuno sapeva cosa fare. Non c'erano regole che parlassero di casi simili.

Quando fu l'ora di leggere le storie ai bambini, il leone rimase dov'era. D'altra parte, nessuna regola gli proibiva di ascoltare.

La signorina cominciò a leggere con voce tremante, ma arrivò comunque fino in fondo alla prima storia.

Il leone alzò gli occhi e la signorina continuò a leggere.

L'insolito visitatore ascoltò anche la seconda storia, poi la terza. Ne avrebbe ascoltate molte altre, ma i bambini cominciarono ad alzarsi e ad andare via.

« L'ora delle storie è finita » gli disse una bambina.

« È ora di andare a casa ».

Il leone guardò i bambini. Poi guardò la signorina e i suoi libri chiusi.

Deluso, ruggì. Molto, molto forte.

La signorina Brontolini uscì a lunghi passi arrabbiati dal suo ufficio. « Chi sta facendo questo baccano? » domandò.

« È il leone » disse il signor Magretti.

La capo-bibliotecaria marciò verso il leone.

« O fai silenzio, o devo chiederti di uscire! » gli disse con voce severa. « Queste sono le regole! ».

Il leone continuò a ruggire. Sembrava triste. La bambina tirò per la giacca la signorina Brontolini. « Se promette di fare silenzio, può tornare domani per l'ora delle storie? » chiese.

Il leone smise subito di ruggire.

La signorina Brontolini lo fissò negli occhi.

« Sì » disse infine. « Un leone educato e silenzioso sarà il benvenuto in biblioteca anche domani ».

« Hurrà! » esclamarono i bambini [...]

M. Knudsen, K. Hawkes, *Un leone in biblioteca*, Nord-Sud, 2013

7.
INCANTO
Gioire, contagiare

Talvolta qualcosa scattava nell'incastro giusto, e leggere con mia figlia era un incanto. E che cos'è un incanto? Forse esser « *presi per incantamento / e messi in un vasel ch'ad ogni vento / per mare andasse* », al volere suo e mio?

Ci son parole straniere che, non essendo per me lingua madre ma fata madrina, mi incantano: *timeless, nameless*... Incantarsi a leggere insieme, qualche volta, significava andare in un posto *timeless-nameless*, senza tempo e senza nome. Navigare su un vascello « ad ogni vento ».

Qui voglio precisare una cosa importante. A me piace leggere, o scrivere: m'incanta. Ho voluto portare mia figlia in questo incanto, perché è un bel posto del mondo, per me. Del mondo a cui l'ho messa perché ci son posti così. Non c'è niente di speciale in questo. Se un altro padre ama lo sport, o l'esperienza della natura, o la musica, porterà sua figlia nell'incanto di lontane cascate, o del corpo che sposta i suoi limiti, o della musica suonata insieme. E qualche volta magari, perché no, a incantarsi fianco a fianco davanti alla tv.

Tutti incanti che mia figlia ha perso. E chissà quanti altri.

Ma questo dei libri l'ha avuto. E non solo: l'ha dato a me. Perché l'incanto di leggere in due è di natura corale, circolare, ricorsiva, che si rispecchia e rinforza a ogni rimando. Del resto anche Dante su quel 'vasel' stava con Lapo e Guido e le dame, non da solo. C'è una specie di irradiazione del piacere, nella lettura in due, che se un fisico scoprisse lo strumento per tracciarla, la vedrebbe emanarsi come un campo di scintille dal libro al lettore, dal lettore all'ascoltatrice, dall'ascoltatrice di nuovo al libro.

Per questo è importante, standо alla mia esperienza, che chi legge libri agli altri legga libri che piacciono anche a lui. Che lo scrittore per bambini – posso dirlo? – scriva libri di bel respiro, non troppo spalmati sul target, che possano piacere anche a un grande che legge ai bambini. O perlomeno che ci siano in giro anche libri così. E per nostra immensa fortuna ce ne sono in gran copia.

Se ce ne capitava sotto uno, e se condizioni concomitanti si avveravano, si accendeva l'incanto. Che non si esauriva nel perdere insieme il senso del tempo e del luogo (*timeless, nameless*), con le conseguenze colpevoli di trascinare l'orario oltre il dovuto. Bisogna perdere il senso del luogo, per giungere in altri luoghi inaspettati: quel piacere alternato e condiviso ci portava in un posto senza nome, che è forse la letteratura. Mi ha raccontato mia figlia (io l'avevo scordato) che ridevo di gusto, in certi passi, e che lei di quella risata era felice, orgogliosa di quel libro che mi aveva fatto ridere, « come se l'avesse scritto lei ». Attenzione, perché questo è lo stretto marino che porta alla letteratura. Non solo non è più così importante chi legge e chi ascolta, ma nemmeno più chi quel libro l'ha scritto: l'abbiamo scritto noi, lo stiamo scrivendo noi in questo momento, in questo girotondo di piacere.

Vedo Borges annuire sorridendo: « È triviale la circostanza » scrive in una prefazione che non ricordo, « che tu sia il lettore di questi esercizi *(parlava delle sue poesie)* e io il loro modesto estensore ». E ogni altro scrittore che si rispetti (che rispetti se stesso) conosce questo casuale, 'triviale' motore alternato: chi scrive legge, chi legge scrive, se c'è l'incanto. Se parte bene il girotondo, scrittore, lettore, ascoltatore, mani congiunte, intorno a quel libro, girano e ridono.

Dove comincia e dove finisce un cerchio?

RIFLESSIONI

Il modello di scuola che Gianni Rodari, più di mezzo secolo fa, si proponeva di diffondere, metteva al centro fantasia e creatività ancorando entrambe a un saldo apprendimento linguistico. Sarebbe bello, oggi, poter immaginare una scuola in cui non prevalesse l'idea che « ciò che non si può contare non conta », e che proprio nell'indefinito, nella meraviglia e nell'incontro con la bellezza trovasse lo spunto per invitare a un viaggio senza fine dentro la conoscenza, dentro la gioia dell'apprendere. Le vite di tutti noi, e quelle dei bambini soprattutto, sono troppo povere di bellezza e troppo ricche di cose che si possono contare. Ci si dimentica facilmente che non c'è apprendimento se non c'è emozione e che, pur nell'accumulazione incessante che caratterizza gli anni dell'infanzia, l'apprendimento trova slancio e linfa vitale all'interno di particolari momenti. Virginia Woolf li avrebbe definiti momenti dell'essere, momenti legati ad una esperienza affettiva intensa, a una spinta creativa o a un incanto che permettano di cogliere significati profondi e altrettanto profonde connessioni tra informazioni e conoscenze altrimenti distanti e separate. Quanti momenti come questi entrano nella vita dei nostri bambini? Impossibile saperlo, giacché, per fortuna, molti appartengono a quel mondo segreto dell'infanzia poco decifrabile dagli adulti. Molti però potrebbero essere favoriti da un mondo adulto più attento e più impegnato a vivere in prima persona incontri fatali con la bellezza. Quello, oggi molto trascurato, con la bellezza del linguaggio, ad esempio. Per il bambino il linguaggio è un giocattolo che ha la non comune capacità di rinnovarsi incessantemente. Un tempo questo gioco si protraeva per tutta l'infanzia, arricchendosi con l'interazione con gli adulti e con i coetanei. Forse perché si disponeva di pochi oggetti in generale e pochi giocattoli in particolare, la parola diventava parte centrale dell'attività di svago e l'adulto, anch'egli con meno oggetti a cui badare, aveva più tempo e disponibilità per questo genere di passatempi. Oggi l'interazione verbale tra adulto e bambino si è molto ridotta: spesso quest'ultimo fruisce, in solitudine, di un linguaggio da cui è assente ogni componente ludica. Un linguaggio costantemente sostenuto da immagini in movimento che gli sottraggono importanza, magia e inventiva. Per esercitare il loro fascino, le parole hanno molto bisogno di possedere anche una componente di mistero. Quanto ne possedeva, ad esempio, il latino ripetuto a memoria durante le funzioni religiose, senza una reale comprensione di quanto si andava dicendo! Ricordo con quanto stupore ho vissuta io stessa l'esperienza religiosa da bambina. Ho frequentato le elementari in un Istituto di suore e, com'era d'uso, tutte le mattine, si doveva assistere alla Messa, evento durante il quale io mi lasciavo sopraffare da tutta la suggestione di un rito così ben orchestrato. La chiesa illuminata a giorno, la musica d'organo, l'odore intenso dell'incenso e dei fiori, le figure immobili e nere delle suore e quelle, altrettanto immobili e nere, delle bambine ben allineate nei banchi, la voce salmodiante del sacerdote che ripeteva formule incomprensibili, la mia recitazione, a memoria, in latino, di frasi altrettanto incomprensibili. La parola era puro suono, ma portava con sé misteriosi significati che a loro volta evocavano immagini di pace celestiale o di incubi inquietanti. Altrettanto suggestivi erano i mormorii del confessionale, il mio sperare che i peccati più grossi si stemperassero nel bisbiglio e il sacerdote lasciasse perdere gli interrogatori più stringenti, limitandosi a cancellare tutte le mie colpe e richiedendomi solo di recitare qualche formula magica. In italiano, infine, c'erano i canti che segnavano la fine della funzione e l' ordinato procedere fuori dalla chiesa. Sia io che le mie compagne vivevamo quel momento come una liberazione: cantavamo tutte a squarciagola, sicure di non poter essere rimproverate per il troppo fervore. La voce, prima soffocata nel sussurro delle devozioni, usciva a pieni polmoni: « Mira il tuo popolo, o bella Signora/Che pien di giubilo oggi ti onora ». Anche se non lo capivo con precisione, mi pareva che da un piano religioso si passasse a un piano di completa laicità. La 'bella Signora' non mi faceva affatto venire in mente la Madonna e in quanto al giubilo, l'unico collegamento che riuscivo a fare nella mia mente era quello con le corse dei cavalli. Alla radio, a quei tempi, erano commentate dal radiocronista Alberto Giubilo. Mi sono chiesta a lungo se Alberto Giubilo, quando non era impegnato all'Ippodromo delle Capannelle di Roma, passasse il suo tempo in compagnia della 'bella Signora'.

COME INCANTARE UN BAMBINO LEGGENDOGLI UN LIBRO

Diceva Andrea Zanzotto (e non si stancava di ripeterlo) di non aver mai smesso, da adulto, di avvertire quel canto interno della lingua che è la poesia, attraverso filastrocche e passi di poesiole ascoltate in casa o a scuola, che « scintillavano e tintinnavano nella loro essenza fonico-ritmica ». Come già abbiamo notato nel precedente capitolo, la testimonianza di Zanzotto non è insolita: la voce, dunque, e il ritmo, sono due componenti essenziali per creare l'incanto.

Come farlo sperimentare ai nostri bambini e come, soprattutto, evitare che si spezzi non appena conclusa una breve stagione di ninne nanne e filastrocche? Naturalmente molto dipende dalla scelta dei libri, ma anche da ritmi esterni che si sono creati intorno e a sostegno del momento della lettura. Ci sono inoltre elementi ed espedienti che facilitano il compito a chi legge e a chi ascolta: tra questi, la rima e il ritmo. I nostri più antichi antenati, prima ancora di usare la parola, raccontavano le loro storie mettendo in fila suoni e battiti. Con quelli comunicavano paura o sorpresa, vittoria o sconfitta, dramma o avventura. Secoli dopo, un cantore cieco di nome Omero ha dato ordine e regole al racconto e ha dimostrato come le parole potessero renderlo avvincente, comprensibile e memorabile. Lo ha fatto imbrigliando le parole nella struttura ritmica del verso in modo da farle fluire con regolarità e tali da imprimerle nella mente degli ascoltatori. Forse all'epoca di Omero il significato di molte parole risultava misterioso, ma questo non faceva che aumentarne il fascino. Anche i bambini sono affascinati da questi elementi e di storie in versi c'è sempre stata gran copia, sia quando lo zelo pedagogico imponeva la necessità di rendere indimenticabili precetti, ammonimenti e regole di comportamento, sia quando la fantasia, la creatività e il gioco hanno opportunamente soppiantato questi arcigni secondi fini.

L'attuale insistenza sui benefici della lettura ad alta voce e la maggior diffusione di questa pratica ha sicuramente migliorato le caratteristiche ritmico-sonore dei testi. I libri, in poesia o in prosa, scritti con i ritmi giusti si leggono praticamente da soli e incantano chi li ascolta, bambini o adulti che siano.

Suggestioni

« Vuoi fare una cosa per me? » domandò la signora Van Amersfoort.

« Certo » disse Thomas.

« Vuoi leggere per me? Tieni ». La signora Van Amersfoort appoggiò il libro di Annie M.G. Schmidt sopra il gatto in grembo a Thomas. « Comincia pure dall'inizio ».

Thomas si sentì arrossire. A scuola capitava spesso che dovesse leggere ad alta voce, ma non l'aveva mai fatto a casa di qualcuno prima di allora. Era una sensazione strana. Aprì il libro e cominciò.

All'inizio si impappinò su alcune parole. Ma andò sempre meglio. A volte la signora Van Amersfoort scoppiava a ridere. Lui non sapeva perché. Era troppo impegnato a leggere.

Ciò che accadde dopo aveva del miracoloso. D'altronde erano filastrocche per bambini, no? Com'era possibile che facessero ridere un grande? Ogni tanto alzava gli occhi dal libro per vedere il viso della signora Van Amersfoort. Quando rideva le spuntavano delle buffe rughe dalla bocca alle orecchie. Muoveva la testa su e giù come se dicesse 'Sì! Sì! Sì!' poi, di punto in bianco, le spuntarono due trecce fermate con due fiocchi.

Per un attimo Thomas non capì quello che stava succedendo, ma non ci volle molto tempo. Vide che la signora Van Amersfoort non era più una vecchia signora, ma una vecchia bambina. Forse da un momento all'altro sarebbe saltata su dalla sedia e avrebbe preso la corda per saltare. Sembrava così.

Thomas leggeva e leggeva. La signora Van Amersfoort era una strega, ma adesso era lei che sembrava vittima di un incantesimo. Era una sensazione piacevole. Thomas non voleva più smettere di leggere, mai più.

« Bellissimo » disse la signora Van Amersfoort dopo che Thomas ebbe letto cinque filastrocche. « Ma ora devo riposarmi un po'. Sai, una volta mio marito mi leggeva sempre i libri ad alta voce. Ah, quant'era divertente». Le trecce erano scomparse e anche i fiocchi. Le era tornata la cipolla grigia.

G. Kuijer, *Il libro di tutte le cose*, Salani, 2009, pagg. 64, 65

Deve essere, con le parole, come è con la musica. La musica ascoltata presto nella vita lascia una spessa coltre di ricordi ed è sulla base di questa che si valuta e si assorbe la musica incontrata più tardi. Ciascuno strato aggiunge qualcosa alla ricchezza dell'esperienza musicale, contiene le aspettative che governeranno i gusti per la musica futura e forse cambiano ciò che si prova per la musica che già si conosce. Certi schemi armonici si installano nella coscienza e creano un desiderio di ripetizione, così da poter rivivere quel piacevole turbamento dell'anima. È la stessa cosa con le parole e gli schemi verbali. Si accumulano in strati e a mano a mano che gli strati si ispessiscono governano tutto l'uso e l'apprezzamento del linguaggio che viene dopo».

R. MacNeil, *Wordstruck*, Penguin Books, New York, 1989, pag. 23

«Il fatto d'esser cresciuto parlando lingue diverse e d'averne poi imparate delle altre, di cui alcune peregrine assai, mi ha reso cosciente sin da piccolo della parola come oggetto, cosa, fastello di suoni, polline di sogni. La parola era un giocattolo, un fuoco d'artifizio, un telescopio con trappole. La parola poteva venir rigirata, rivoltata come un guanto, annodata come uno spago e ne venivano fuori sempre nuvolette nuove, altri sorprendenti gingilli. La parola infine era un tesoro e una bomba, ma soprattutto era una caramella».

F. Maraini da *Andersen*, n. 209/dicembre 2004, pag. 27

Alla ricerca della bellezza, con l'aiuto di un bel libro per ragazzi.

Ci vuole un po' di ottimismo: a volte si possono trovare dei piccoli gioielli di pedagogia del buon gusto in occasioni del tutto particolari, come ad esempio durante un momento di lettura ad alta voce con i propri figli. E può diventare una sorpresa per tutti trovare tra le pagine de *Il tempo non si ferma per i topi* di Michael Hoye (Salani, 2003) un modo spiritoso ma istruttivo per una riflessione estetica.

Nel romanzo le avventure del protagonista Hermux Tantamoq iniziano con una domanda durante (guarda caso) una tranquilla serata di lettura ad alta voce: Hermux, un Topo Qualunque (nella vita è un orologiaio che si affaccia timidamente al mondo dell'arte), chiude il libro e interroga l'amica, Mirrin Stentrill, anziana pittrice divenuta cieca: « Dimmi la verità, Mirrin, credi che io possieda il senso del bello? »

Di solito questa domanda colpisce i bambini: chiedono di rileggere il passo e, se aiutati, arrivano a scoprire due importanti esperienze: da un lato la possibilità di interrogarsi su questioni non banali, come appunto quella della nascita del senso estetico, e dall'altro la possibilità di vivere basandosi su un senso del brutto, sensazione affatto ignorata (quando non volutamente celata) dall'industria dell'intrattenimento. A questa domanda, Mirrin, pittrice del passato, fautrice di un'integrazione contemplativa tra arte e vita, risponde: « Il suggerimento che ti do è di prendere questo album. Mi faresti molto felice se lo prendessi. E voglio che lo usi come un quaderno per gli appunti. E voglio che ci annoti sopra cose che vedi. Come le primule. Sarai i miei occhi nel mondo esterno. E poi mi leggerai quello che avrai visto. E svilupperai il tuo senso del bello concentrando la tua attenzione sul mondo attorno a te ».

A. Arato, insegnante e scrittore

8.
FATICA
Penare, rinunciare

Il girotondo dell'incanto condiviso, purtroppo, non sempre partiva o girava per il verso giusto.

La Pietraia, che ho raccontato all'inizio parlando della voce, era un nemico interno, uno stato di fatica che sorgeva all'improvviso dall'interno della voce stessa, o del libro; altri nemici attaccavano da fuori. Tre esempi concreti, nella mia esperienza, che valgono per altri: le malattie, il treno, il sonno.

Influenza, raffreddore, tosse, erano nemici strangolatori della voce. La storia che leggevo a mia figlia poteva ben essere uno splendido fiume, ma la gola si stringeva, s'ingorgava, non la lasciava scorrere fluente. Io insistevo, per ostinazione, per non deludere l'ascoltatrice, o perché il libro soggiogava entrambi: ma presto la pena della voce dilagava nella storia, rendendola penosa e stentata. Dalla prontezza con cui mia figlia, allora, accettava la resa che le proponevo, capivo che quella pena stava minando il piacere di entrambi. Forse i bambini, che hanno larga esperienza d'angustie di gola e di petto, in questi casi sanno essere magnanimi.

Non lo sono invece in altri: treni, sale d'attesa, code a sportelli e altri luoghi di forzata condivisione con estranei. « Leggi! » suonava sereno il solito ordine. Ma la mia voce si abbassava, si rannicchiava come un cane, che vuol passare inosservato e invece è lì, visibilissimo a tutti. E io perché devo far sentire a tutti le storie di elfi e Sgraffignoli che noi ci portiamo da casa? Tutti guardavano da un'altra parte, ma si vedeva che ascoltavano attenti, o così mi pareva, e cadevo senza scampo in imbarazzo. Perché? Chi lo sa: cose dei grandi, di certi grandi inurbati occidentali, ben difficili da spiegare a un bambino. Mia figlia infatti, contrariamente al caso della tosse, non le capiva e precisava spietata: « Leggi **forte** ».

Il sonno, infine, era il nemico più estroso e bizzarro, che

spesso suscitava le risa dell'ascoltatrice. Il sonno rallenta e confonde il cammino al lettore, gli occhi spediscono parole al cervello svagato, che le gira alla voce senza averle capite e la voce, senza istruzioni di senso a corredo, si fa stupida e piatta. Ma il lettore non si rassegna e tira avanti, come quel guerriero che fa ancora tre passi senza accorgersi d'essere stato decapitato. Alla fine la testa vacilla, le avanguardie del sogno conquistano la signoria delle parole: il padre che legge straparla, infila nel discorso due parole strabilianti, che non c'entrano niente con la storia, e la bambina sorridendo incerta lo tira per la manica: « Papà?... »

Gravità terrestri del corpo, sonno, malattie, fatica, che rallentano e interrompono la strada. Non esistono 'bravi papà', sempre pronti e solerti e giulivi, se non negli spot dei biscotti. Gravità terrestri dell'anima, di che genere importa poco, ognuno conosce le sue. Qualche sera non ne avevo proprio voglia, e si saltava un giro. Qualche sera la gravità dell'anima era tale che non sapevo neanche dirglielo con calma, alla bambina, con quella astratta olimpica distanza che un genitore, chissà perché, si pone a modello: le contestavo che non si sarebbe letto con stridula acredine, come se fosse stata colpa sua. Qualche altra sera, invece, mi ostinavo: dicevo all'anima di starsene pure lontana dov'era, e lasciare il corpo stolido di padre lì a leggere senza sapore. Chissà cosa arrivava alla figlia: se l'insipido della lettura, o l'amaro della pena paterna, o il dolce del paterno prodigarsi nonostante la pena. O le tre cose insieme, o qualcos'altro.

Riflessioni

Da quando Daniel Pennac in *Come un romanzo* (Feltrinelli, 1994) ha stilato il decalogo dei diritti del lettore, la categoria del piacere del leggere, andando al di là delle ottime intenzioni dell'appassionato scrittore francese, ha decisamente soppiantato quella della fatica. Le alacri attività di bibliotecari e insegnanti e di tutto un popolo di « promotori della lettura » sono lì a testimoniare la volontà di togliere peso e fatica alla lettura per farla conoscere ai bambini per quello che davvero dovrebbe essere: un'attività ricca di fascino, di sorpresa, di scoperta. Tutta questa piacevolezza non deve trarre in inganno: la proposta di lettura, pur nella sua levità, deve conservare un preciso rigore. Sostituire alla fatica o al dovere della lettura il 'piacere' che da essa è obbligatorio ricavare è dannoso, controproducente e fuorviante. È necessario non perdere di vista le condizioni che devono sussistere alla base del piacere del leggere, condizioni che, inutile nasconderlo, costano fatica. Non ci si può considerare soddisfatti se l'operazione di sottrazione di peso va a coincidere con una progressiva infantilizzazione del lettore, una supina accettazione di prodotti editoriali mediocri e di spiccata caratteristica gastronomica. Come evitare questa pericolosa confusione e come impedire che, fatalmente, il consumo di parole scritte venga a noia trascinando con sé in una grigia apatia o in un aprioristico rifiuto dell'atto stesso del leggere? Come in tutte le guerre impari, le uniche armi efficaci sono quelle che scaturiscono da intelligenza e passione. Solo facendo leva su queste indispensabili qualità l'adulto sarà in grado di « togliere peso » alla lettura senza rischiare di renderla un involucro tanto seducente all'esterno, quanto privo di consistenza all'interno. L'adulto dotato di intelligenza e passione sa che per togliere peso è necessario aver compiuto un percorso personale faticoso quanto, alla fine, appagante per approdare ad atmosfere più rarefatte e respirabili. Atmosfere che, una volta conosciute, si trova difficile abbandonare e che si desidera ardentemente far conoscere a chi ancora non le ha assaporate. Spesso, purtroppo, il percorso formativo dell'educatore rimane incompiuto: si ferma agli stadi della fatica, cosicché, quando giunge il momento di accompagnare sullo stesso percorso chi ancora ha bisogno di essere guidato, l'educatore non sa far altro che trasmettere, a volte con puntigliosità quasi astiosa, solo le asperità, le incertezze, le fatiche del procedere e non la confortante visione della gioia della conquista. Succede così che le meraviglie nascoste nei grandi capolavori della letteratura rimangano per sempre inesplorate, perché imprigionate in un giudizio formulato durante gli anni della scuola spesso solo per opporsi a insegnanti troppo esigenti o troppo poco coinvolgenti e mai più modificato o verificato. *La Divina Commedia*? Un'insopportabile astrusità. *I Promessi Sposi*? Un mattone illeggibile. *Madame Bovary*? Una telenovela piena di dettagli inutili. E così via. Si ritorna, inevitabilmente, alla responsabilità degli adulti e a quelle della scuola, così come si è fatto parlando dell'incanto. E come potrebbe non essere così?

QUANDO LA FATICA DEL LEGGERE PUÒ E DEVE ESSERE ALLEVIATA

Sono molte le ragioni per cui la lettura può essere vissuta come un vero supplizio o, quantomeno, con un grave senso di frustrazione.

Non solo nei casi di patologie gravemente invalidanti, ma anche per circostanze o disturbi meno evidenti, spesso sottovalutati, che tuttavia mettono a rischio oltre all'autostima del bambino, anche il suo profitto scolastico.

L'editoria per ragazzi è molto attenta e preparata in questo ambito e propone libri che sostengono in vari modi il lettore in difficoltà. La scommessa delle case editrici specializzate è quella di saper proporre libri belli, adatti a qualsiasi lettore, ma costruiti con accorgimenti di carattere tipografico (tipo di carattere, spaziature, numero di righe per pagina, colore di fondo della carta, ecc.), strutturali (lunghezza dei paragrafi) e lessicali tali da determinare un alto grado di leggibilità. La casa editrice Biancoenero è nata nel 2005 per essere di aiuto ai lettori dislessici, senza tuttavia limitarsi a questi. Gli stessi criteri valgono anche per altre categorie di lettori, quelli, ad esempio, che da ragazzi o da adulti stanno imparando l'italiano come seconda lingua. La scelta dei titoli di narrativa proposti da questa ed altre case editrici (ad esempio l'editore Sinnos con la collana «Leggimi») che si ispirano ai medesimi principi, è particolarmente attenta onde evitare che l'addestramento alla lettura, anziché metterne in luce il piacere, diventi piuttosto un monotono e demotivante eserciziario.

Più tradizionali, come sostegno a lettori in difficoltà, sono gli audiolibri. Presi in considerazione fino a tempi recenti solo come ausili per non vedenti, sono oggi finalmente accolti come strumenti utili e piacevoli per uso personale o condiviso in momenti in cui non è possibile tenere in mano un libro. Un lungo (molto lungo) viaggio in macchina può essere l'occasione per ascoltare l'intera saga di Harry Potter, letto da Giorgio Scaramuzzino (Salani). In tempi decisamente più brevi, ci si può divertire con *Il trattamento Ridarelli*, letto da Neri Marcorè (Salani) o appassionarsi alle vicende de *L'ultimo elfo* (Emons), lette da Mietta. Per chi ancora non lo conosce, il mondo dell'audiolibro può portare (per qualsiasi età) sorprese molto piacevoli che consentono, tra l'altro, di sfruttare tempi inutilizzati o inutilizzabili per la lettura. L'accesso alla rete consente anche l'uso di formati scaricabili ed ascoltabili su dispositivi portabili. Non solo, ma se è necessario rafforzare le capacità di decifrazione, la casa editrice Il Narratore (reperibile in rete) offre una ricca varietà di testi di narrativa in formato audio e-book (con testo visualizzabile su schermo, letto ad alta voce, mentre il cursore evidenzia il procedere della lettura). Da non dimenticare inoltre, mentre si fa un gran parlare di nuove tecnologie, un medium «vecchio» che si basa su quello assai antico dell'oralità: la radio. Molte letture di libri (anche per bambini e ragazzi) sono scaricabili in podcast dal sito di Radio 3 RAI, dalle *Favole al telefono* di Gianni Rodari ai *Promessi Sposi*. Grande successo riscuote inoltre Radio Magica che trasmette via web ed è nata proprio con lo scopo di raccontare o leggere storie a bambini con difficoltà di lettura, ma certo non solo a loro.

LE PAROLE «SBAGLIATE»

Le parole ingarbugliate, maltrattate, balbettate o inventate possono essere, e di fatto sono, spunto di partenza per quei giochi e quelle sfide che Gianni Rodari ha tanto contribuito a diffondere inventando una grammatica affatto diversa da quella tradizionale. La grammatica della fantasia, appunto, quella che inneggia alla forza creatrice dell'errore e che all'insegna del divertimento e del gioco insegna ai bambini non solo a usare la lingua, ma anche, soprattutto, ad amarla.

Il gioco, le sfide giocose alla lingua, fino ad arrivare a inventarne una del tutto nuova, hanno padri illustri. Basti pensare a Lewis Carroll e al suo *Jabberwocky* (riproposto di recente in un bell'albo edito da Orecchio Acerbo nel 2012) o allo scrittore francese George Perec che ha scritto un romanzo di oltre 300 pagine senza mai usare la vocale «e» (la più ricorrente nella sua madre lingua) o, ancora, a Fosco Maraini e alla sua irresistibile (e introvabile) raccolta di versi intitolata *La gnosi della Fanfola.* (Fin dal titolo possiamo immaginarne l'andamento).

Gli esempi potrebbero continuare a lungo e ne proporremo alcuni, di più recente creazione, nelle pagine che seguono. Va sottolineato tuttavia che questi « esercizi di stile » sono in gran parte frutto di scrittori la cui profonda conoscenza della lingua si palesa in opere che brillano per intelligenza, arguzia e ironia. Ed è così anche nel caso di opere dichiaratamente rivolte ai bambini: il *Rimario* (un po' al dritto e un po' al contrario) del poeta sudamericano Eduardo Polo (Orecchio Acerbo, 2005), le acrobazie linguistiche di Jack Prelutsky tradotte altrettanto acrobaticamente da Giusi Quarenghi (*L'isola di bestie rare*, EDT, 2012) e per alcune composizioni dei maggiori scrittori e poeti italiani per bambini: Roberto Piumini, Bruno Tognolini, Guido Quarzo, Emanuela Bussolati. Tutti, in questi casi, convinti che « il suono venga prima del senso »: una convinzione che sarebbe bello far sperimentare ai bambini con le loro proprie orecchie, poiché l'incanto per le parole e per la lingua inizia proprio lì.

Suggestioni

Soffre di una strana forma di dislessia il giovane Vicario protagonista del racconto di Roald Dahl e le sue parole sconnesse creano sconcerto e scompiglio tra i fedeli fintanto che un medico escogita brillanti soluzioni al problema.

[...] Alla fine fu il medico del villaggio che capì che cosa non andava. « Lei soffre » disse, « di un disturbo molto raro, chiamato dislessia mescolante e, come se non bastasse, anche di dislessia retro-attiva, qualche volta. È molto comune tra le tartarughe, che talvolta arrivano a leggere il proprio nome all'incontrario e si chiamano tra loro *Agura Trat*. Per fortuna » continuò il buon dottore, « c'è una cura molto semplice ».

« *Mi cadi*! » supplicò il Vicario. « Per favore, *cadimi*! »

« Non deve far altro che camminare un po' all'indietro e un po' di fianco, e ogni tanto fare qualche giro su se stesso, e queste parole che lei mescola o pronuncia all'incontrario le verranno alla giusta maniera. Lo dice il buon senso ».

La cura funzionò miracolosamente, ma naturalmente non mancarono dei problemi. Quello principale era che il pover'uomo, quando camminava all'indietro, non sempre riusciva a vedere dove stava andando, a meno che non torcesse il collo sopra la spalla. Ma gli bastò attaccarsi alla fronte uno specchietto retrovisore per risolvere il problema. I sermoni, certo, risultarono inizialmente un po' impacciati, ma la congregazione si abituò presto alla vista del Vicario che camminava a ritroso intorno al pulpito o che girava su se stesso mentre predicava. A dire il vero, ciò aggiungeva un pizzico di sana follia a quella che solitamente risultava una pratica un po' noiosa.

Alla fine, il Reverendo Ettes divenne così bravo a camminare in modo strano che non camminò mai più in modo normale, e per il resto della sua vita restò un amabile eccentrico, la colonna portante della sua parrocchia.[...]

R. Dahl, *Il Vicario, Cari Voi*, Salani, 2007, pagg. 26-30

Nel divertente racconto La principussa Clura e il drago *di Tormod Haugen, nove principesse, ciascuna connotata da una peculiarità fonico-ortografica, sciolgono le loro lingue in un canto per ammansire il drago che tiene prigioniero il principe che (quasi) tutte vorrebbero impalmare.*

[...]
« Lu prunciupussu suduvu nel rusutu
russu lu gunciu, ul surrusu uru liutu
u dull'ulbu ul trumuntu
su uduvu un dulciu cuntu
un uttusu dul bul prunciupu ».

« Laeiou praeiounciaieioupaeioufltvsaeiou naeioullaeiou
naeiouttaeiou fltvsaeiou aeioudaeiougiaeioù
daeioulfltvciaeiou aeiou baeioutaeiou laeiou fltvsaeiougnaeioù
aeioul praeiounfltvciaeioupaeiou faeioudaeioulaeiou aeioun fltvsaeioullaeiou
aeioundaeioutaeiou aeiou praeioundaeiouraeiou laeiou baeioullaeiou
aeiou daeioulfltvciaeiou praeiouncaeioupaeioufltvsaeiou ».
[...]

T. Haugen, *La principussa Clura e il drago*, Salani, 2012, pagg. 28-31

Se la parola è musica o caramella, tutte da ascoltare e da assaporare sono le parole in lingua Piripù, con cui Emanuela Bussolati racconta un'intera storia.

Tararì Tararera... sesa terù di Piripù:
Piripù Pà,
Piripù Mà,
Piripù Sò,
Piripù Bè,

e Piripù Bibi.

Piripù Pà, Piripù Mà,
Piri e Piripù Bè
su sero gnamgnam.

Piripù Bibi no-no-no:
sesa ino-ino-ino!

Piripù Bibi: Uf! Uf! Uf!
Zicche Zacche e....

Rulba rulba rulba
Uh cichitì! Oh zifulì!

Oh-Oh!
Un Bubolo Bibi!
[...]

E. Bussolati, *TARARI' TARARERA...*, Carthusia, 2009

9.
TEATRO
Fare, giocare

Racconti

Chi legge da sé un libro, a bocca chiusa, sa bene quando parla un personaggio e quando un altro. Una precisa segnaletica di due punti, trattini e virgolette glielo dichiara senza equivoci. Ma quando legge a un bambino come fa? Se nel libro non è scritto – come spesso accade – « disse Jack », « rispose Jill », come fa? Fa le voci.

Le vocione e le vocine caricate che, narrando ai più piccoli si è portati d'istinto ad affibbiare al Lupo e al Porcellino, quando il bambino cresce, per il medesimo istinto si abbandonano. Ma l'esigenza di far capire chi sta parlando, e qualche invito più malioso contenuto in certe larghe descrizioni, e certe belle esclamazioni, e battute che suonano bene al punto giusto: tutto ciò fa tornare il lettore che legge ad alta voce, senza che neanche se ne accorga, in un teatro.

Un minuscolo teatro, con un solo spettatore, ma straordinariamente bendisposto. Un piccolo spazio scenico protetto che il libro concede, a uomini e donne che magari non avranno altra occasione di far vivere l'attore che dorme in tutti noi. Non il bravo attore, attenzione: l'attore. Colui che può diventare i molti, che noi siamo e non possiamo diventare. E io mi son sempre chiesto francamente perché non ne approfittino tutti, di questa piccola scena personale; come non si accorgano tutti che leggere ad alta voce ai propri figli è interpretare in casa propria i propri film.

Personalmente me la cavavo meglio come attore dicitore che come caratterista. Mi riusciva meglio spianare la Voce Fiume nelle larghe descrizioni dei paesaggi, stringerla e sincoparla nella cronaca delle battaglie, schiarirla nelle comiche, velarla nelle pene. Come caratterista era molto più brava la Zia Minni (mia figlia non aveva solo me, come lettore): lei sì che dava la sua voce a ogni personaggio, precisa e inconfondibile, e se la ricordava per riprodurla esatta riprendendo il libro in mano dopo giorni; o anche senza più libro, giocando alle storie...

Ed eccoci infatti nell'altro teatro, quello che cresce fuori dai teatri, inzuppando la vita: il gioco. *Play*, *jouer*, *spielen*: inglesi e francesi e tedeschi, giova ricordarlo, dicono 'giocare' e 'recitare' con una sola parola. I personaggi a forza di letture, e col pompaggio umano della voce, maturano evidentemente, e a un certo punto son così carichi di vita che non stanno più dentro il libro: devono uscire nel mondo, fare le cose, e lo spazio pronto che trovano si chiama gioco.

Ho già detto che la lettura del *Signore degli Anelli* è stata per noi una grande impresa, compiuta ben prima del film: Aragorn, eroe regale di quel libro ed eroe-amico immaginario di mia figlia, per molte cene ha avuto un piatto vuoto a tavola con noi, e per qualche anno ci ha accompagnati in giro ovunque, sedendo talvolta perfino sul tettuccio dell'auto. Con Zia Minni mia figlia condivideva le espansioni di altri libri, inventando sviluppi e facendo le voci per ore. Con i suoi amici bambini forniva personaggi e scenari per altri astrusi e pazienti giochi. Con me per un certo periodo, quando andavamo da soli a mangiar fuori, sempre nel gioco del *Signore degli Anelli*, il ristorante era immancabilmente il Puledro Impennato di Brea, e dovevamo rintracciare fra i clienti più sinistri Ted Sabbioso bastardo traditore.

Il teatro è l'incarnazione, il luogo umano dove sogni e narrazioni prendono per un poco carne e ossa.

Il gioco-teatro fa bene ai libri, consente loro di emettere radici che si fissano nella carne della vita, come cose non solo lette ma anche fatte. Forse così, come alberi ben radicati, dureranno di più.

Riflessioni

Il mio più remoto ricordo narrativo non ha a che fare con i libri, ma con un gioco teatrale che mio papà metteva in scena ogni sera, al suo rientro dal lavoro. Proprio perché ripetuto con regolarità, il gioco era per me un appuntamento irrinunciabile e come tale lo aspettavo e lo pregustavo durante la giornata. Mio papà, dunque, arrivava a casa e annunciava la sua intenzione di portarmi a fare una passeggiata per la città. Mi issava sulle spalle, spegneva tutte le luci dell'appartamento e dava inizio alla piccola escursione. In realtà non ci muovevamo da casa e la passeggiata si svolgeva girando tra le varie stanze, al buio, mentre la sua voce parlava di monumenti e palazzi, di strade e contrade, di negozi e negozianti. Raccontando, mi faceva vedere cose e persone che naturalmente non c'erano, mi portava in luoghi noti o sconosciuti, mi invitava a salutare chi conoscevo, mi presentava a chi mi incontrava per la prima volta. Il nostro percorso e il suo racconto erano punteggiati da un *refrain*, a cui io ben volentieri facevo eco con lo scarso vocabolario che possedevo: lagnanze, se non addirittura vibrate proteste rivolte al sindaco, colpevole di non saper provvedere ad un'adeguata illuminazione della città. Il *refrain* aveva la funzione di rafforzare, motivare, dare concretezza alla sceneggiata, oltre che offrirmi un ruolo attivo al suo interno. In quei momenti – lo ricordo benissimo – mi sentivo una piccola principessa che, compiaciuta e regale, visitava i suoi possedimenti concedendo la propria preziosa presenza ai sudditi. Nel corso degli anni, ho ritrovato spesso, nei libri per bambini, l'intento di suggerire occasioni di gioco del tutto analoghe a quella che tanto mi coinvolgeva da piccola e, anche in questi casi, i protagonisti sono i papà. Quasi che il far teatro sia considerato – ancor oggi – prerogativa più maschile che femminile. I libri di cui parlo non sono solo da leggere ai bambini, ma libri che suggeriscono all'adulto un'azione teatrale, un gioco da inserire in una cornice narrativa. Tra quelli che ricordo più volentieri c'è *Buonanotte giraffa* (Mondadori, 2001) scritto da un papà scrittore molto noto, David Grossman. Racconta di un rito serale che, anche in questo caso, non si svolge con un libro in mano. In mano, anzi in braccio, il papà protagonista ha un grosso pacco che, dice, dovrebbe contenere l'ennesima giraffa che amici buontemponi gli inviano quotidianamente in regalo. In realtà il «pacco» contiene la bambina appena uscita dalla vasca da bagno e ben avvolta in un asciugamano. Il gioco consiste nel verificare che il pacco contenga davvero l'insolito dono: dall'asciugamano, di volta in volta e su precisa richiesta di verifica, fuoriescono, insieme a trilli di giubilo, un ginocchio, un gomito, un piedino, un orecchio e il papà 'controlla' con molta serietà, mettendo a confronto ciò che vede e tocca con immagini di vere giraffe. Il gioco e i dubbi del papà vanno avanti fino alla sorpresa e all'abbraccio finale che accompagneranno nel sonno una bambina perfettamente appagata e felice.

Molti altri, e diversi, sono i modi in cui i libri evocano il mondo del teatro. In alcuni casi gli autori usano un linguaggio così vivace, così ricco di azioni e di dialoghi che pare essere già pronto per la messa in scena (si veda nelle pagine seguenti il dialogo tra nonno e nipote in *Graffi sul tavolo* di G. Kuijer). Un po' come se il teatro se lo portassero nella penna con cui scrivono o negli strumenti che utilizzano per disegnare. Non è un caso se molti di questi autori sono stati oltre che scrittori, illustratori e sceneggiatori: Emanuele Luzzati era tra questi grandi e i suoi testi in rima sembrano fatti apposta per stare su un palcoscenico.

In altro modo ancora i libri rimandano al teatro mostrando come la lettura stessa di un libro possa trasformarsi in un gioco teatrale. Fabian Negrin, con l'intento di tributare un omaggio a Emilio Salgari in occasione del centesimo anniversario della nascita, racconta e illustra, in *Chiamatemi Sandokan* (Salani, 2011), il modo in cui la lettura si trasforma in gioco teatrale. Durante un'uggiosa vacanza in campagna a casa della nonna, una bambina trova i libri di Salgari appartenuti al padre. Vinta la prima diffidenza, li divora tutti in tre giorni e, all'arrivo di un cuginetto, è pronta a muovere all'azione, trasformando se stessa e il titubante cugino in Sandokan e Janez. In un attimo si annullano i confini tra finzione e realtà, tra le parole dell'oggi e quelle scritte tanti anni fa, tra l'essere qui e ora e il « facciamo che eravamo » tanto che, alla fine, il cuginetto Aldo, a chi lo apostrofa con il suo nome per richiamarlo alla realtà dell'oggi, risponde: « Aldo? [...] Chiamatemi Sandokan ».

[...]

LIBRI, TEATRO E MUSICA

Il transitare di testi narrativi su media diversi non è cosa nuova e sollecita sempre molta curiosità non foss'altro perché consente di esplorare in modo nuovo qualcosa che già si conosce ed esercitare così un maggior senso critico rispetto ai diversi linguaggi espressivi. Si sono spesso levate grida di scandalo per operazioni ritenute profanatorie, ma a ben vedere queste trasposizioni hanno quasi sempre contribuito a una maggiore conoscenza del testo originario e del medium che in modo nuovo lo raccontava. Le fiabe, proprio per la loro natura cangiante e capace al contempo di mantenere saldo il proprio nucleo centrale, passano molto facilmente dall'oralità originaria alla forma scritta o alla reinterpretazione in linguaggi visivi, teatrali o musicali. E assai utile sarebbe, in questo senso, far conoscere ai bambini le potenzialità di ciascun medium. Il più classico di questi esempi riguarda la fiaba di Cenerentola che, non solo vanta un primato di varianti (se ne sono contate più di 500 in tutto il mondo), ma è stata ed è oggetto di innumerevoli interpretazioni in chiave iconica. Nel teatro rivolto ai bambini è tra i testi più rappresentati e talvolta la trasposizione in linguaggio teatrale risulta così ben riuscita da ridiventare libro a sua volta. È stato così per esempio, nel caso della versione di Cenerentola scritta e diretta in teatro dalla regista Emma Dante e che ora ritroviamo in tutta la sua vivacità linguistica e gestuale nell'albo illustrato *Anastasia, Genoveffa e Cenerentola* (La Tartaruga, 2011). E se ancora ci soffermiamo su questa fiaba, come non far riferimento a quella che Gioachino Rossini ha musicato nel 1817? Parlare di teatro musicale, anzi, di opera lirica, ai bambini di oggi sembra anacronistico e azzardato. Forse lo è, ma forse invece è solo un fatto legato alla scarsa conoscenza che di questa forma di teatro accomuna molti adulti. L'opera lirica dovrebbe essere, per noi italiani, una lingua madre. Più di quella letteraria ha infatti contribuito a consolidare un (assai fragile) spirito unitario. E non è affatto vero che non piaccia ai bambini: nei teatri e nelle fondazioni liriche che si impegnano su questo fronte la risposta è entusiastica. Certo occorrono quelle risorse e quell'impegno che oggi sono difficili da reperire. Salutiamo dunque con piacere quelli provenienti da fonti pubbliche: la RAI ha prodotto, trasmesso e riproposto in DVD e libro una bella edizione della Cenerentola di Rossini, con aggiunta di cartoni animati, giochi e libretto. Non staremo qui a commentare la musica di Rossini che da quasi duecento anni incanta e diverte gli ascoltatori nei teatri d'opera di tutto il mondo. In questo contesto, tuttavia, val la pena sottolineare la qualità del libretto: irresistibilmente comico in molti passaggi, onomatopeico, allitterato e ingarbugliato quanto basta per dar voce agli straordinari momenti di «follia organizzata» della musica, delicato e melanconico nel delineare la personalità della protagonista e i tratti meno fiabeschi della storia.

Suggestioni

[...]

« Aiuto, aiuto, dov'è la padella? » canta Madelief.

« È una canzone? » domanda il nonno.

« Non saprei » risponde Madelief. « Cantavo così per fare ».

« Ricomincia » dice il nonno. « Il secondo verso lo faccio io ».

Madelief reaspira a fondo, poi canta: « Aiuto aiuto, dov'è la padella? »

« È scappata dalla fornella ».

« Fornella? » chiede Madelief. « Cosa sarebbe? »

« Sarebbe il fornello » spiega calmo il nonno. « Ho detto fornella perché così fa rima. Ora tocca a te inventare il terzo verso ».

« Ah » fa Madelief. Ma non le riesce facile.

« Ricominciamo da capo » dice il nonno.

« D'accordo ».

« Aiuto, aiuto, dov'è la padella? »

« È scappata dalla fornella ».

« Ha forse preso la carrozzella? »

« No, ce l'hai tu sulla tua cervella! »

« Sulla mia cervella? » scoppia a ridere Madelief. « Ma chi è che va in giro con una padella in testa? »

« Non c'è bisogno che sia una cosa vera » spiega il nonno. « Basta che si rida ».

Nel frattempo ha tirato fuori la padella dalla credenza.

Madelief la mette sul fuoco. « Ora bisogna metterci lo strutto » dice.

« Aiuto, aiuto, dov'è lo strutto? » canta il nonno.

« È stato al sole: si è sciolto tutto! »

« Che farabutto! Siamo all'asciutto! »

« Come faremo? Aiutto, aiutto! »

« Aiutto? Ma no: si dice 'aiuto', e non fa rima! » brontola il nonno. « Come ti è venuto in mente?! »

« Era per ridere » spiega Madelief.

« Giusto » risponde il nonno. « Ah ah! »

« E ora l'impasto » dice impaziente Madelief, perché lo strutto sta già sfrigolando nella padella. Ci versa un mestolo d'impasto.

Le cose procedono a meraviglia. Tutta la cucina profuma di frittelle.

« Aiuto, aiuto, dov'è la frittella? »

« Che sia caduta sulla gratella? »

« O sta guardando una telenovella? »

« Nooo, è avvoltolata nella pagella! »

Ah, che ridere! Madelief non ce la fa quasi più. Una frittella nella pagella!

« Con te si ride, nonno » dice contenta.

« Lo so, bimba » risponde il nonno, incupito. « Io sono il piccolo sole della casa. Sempre stato, del resto ».

Madelief scruta la sua faccia triste. Gli adulti a volte non si capiscono fino in fondo, ma...insomma, basta che si rida. Fa scivolare velocemente su un piatto la prima frittella e si mette a mangiarla di gusto.

[...]

G. Kuijer, *Graffi sul tavolo*, Salani, 2012, pagg. 57-58

« Le vacanze le ho passate a casa della nonna. Ha un televisore in bianco e nero che ascolta a volume altissimo e non si vede niente. Nessuno della mia scuola abita da quelle parti.

Dentro un armadio ho trovato dei libri. Uno aveva una tigre in copertina.

« Erano di tuo padre » ha detto la nonna. « Tu non sai quanto gli piaceva Sandokan ».

« San Dokan...Era un santo? »

« No, Sandokan è un pirata » ha risposto lei.

Mi sono messa a leggerli e in tre giorni li ho finiti tutti.

« Vuoi giocare a Sandokan con me, nonna? »

Ma lei doveva cucinare, pulire, spolverare.

Per fortuna una domenica è arrivato Aldo, mio cugino.

« Non sai come si gioca a Sandokan? » ho esclamato.

Corpo di un cannone! Ho dovuto spiegargli ogni cosa.

« Sandokan è il capo dei pirati della Malesia e abita in un'isola che si chiama Mompracem. Lotta contro gli inglesi che hanno sterminato la sua famiglia... »

« Allora è un orfano » ha interrotto mio cugino.

« Be', sì, ma non è importante, perché ha un amico, Yanez de Gomera, e si vogliono bene come fratelli. Potremmo essere Sandokan e Yanez ».

« Ma noi siamo cugini, non fratelli » ha obiettato Aldo.

Con mio cugino si deve avere molta pazienza.

« Meglio se ti leggo un brano del libro » gli ho detto.

[...]

F. Negrin, *Chiamatemi Sandokan*, Salani, 2011

L'opera delle giraffe, *Opera triste in più quadri*

Dato che le giraffe sono mute, la canzone resta chiusa nella loro testa.

Solo guardando molto attentamente le giraffe negli occhi si può vedere se sono stonate o intonate.

QUADRO PRIMO
Coro delle giraffe

Ritornello:
« C'erano una volta delle giraffe,
una volta ce n'erano molte.
Presto non ci saranno più giraffe,
il signor uomo di mezzo le ha tolte ».

Strofa:
« Le grandi giraffe sono mute,
le piccole sono sparute.

In piazza della Caccia ho visto
un vecchio vegliardo vispo
con addosso molto pelo,
un cappotto contro il gelo,
ma sopra il cappotto, in più,
una gran barba lunga fin giù.
Sopra il pelo della giraffa,
di pelo di barba una matassa.
Le grandi giraffe sono mute,
ma le piccole sono sparute ».
[...]

J. Prévert, *L'Opera delle giraffe*, in *Tornerà il tempo delle giraffe*,
Salani, 2002, pagg. 26, 27

Che sarà!
Questo è un nodo avviluppato,
questo è un gruppo rintrecciato.
Chi sviluppa più inviluppa,
chi più sgruppa, più raggruppa;
ed intanto la mia testa
vola, vola e poi s'arresta;
vo tenton per l'aria oscura,
e comincio a delirar.

J. Ferretti, *La Cenerentola, ossia la bontà in trionfo*,
musica di G. Rossini, atto II sc. VIII

10.
MEMORIA
Sapere, rammentare

Racconti

« La figlia del dottore è una maestrina / e conosce a memoria tutti i libri di Omero / li ripassa tre volte ogni mattina ». Così cantava Francesco De Gregori, prendendo spunto da vecchi canti sardi. Nei versi, infatti, risuona tutta intera l'ammirazione, sbalordita e ironica a un tempo, del rimatore incolto davanti a qualche ragazzina di città che sa tutto (« a memoria tutti i libri »).

E pian piano, col passare dei libri, al papà dottore e lettore calava la cresta davanti alla figlia maestrina, dotata di memoria portentosa, che teneva lezione. Se c'era da spiegare significati reconditi, motivazioni nascoste dell'agire, riferimenti ad altri saperi (geografici, storici, tecnici) esterni al libro, lei doveva tacere e ascoltare; ma se c'era da ricostruire catene di fatti e di nomi interni al libro, e soprattutto alle saghe in più libri, saliva in cattedra la maestrina e dovevo tacere io. Niente di che stupirsi: si sa che i bambini hanno i banchi di memoria puliti e freschi come il bianco degli occhi e la pelle. La cosa infatti fra noi era bene accetta, dava luogo a una divisione di ruoli e abilità soddisfacente per entrambi.

Memoria di giorno in giorno. Dove eravamo arrivati? Il mio sguardo correva indietro su righe e capoversi, cercando il punto della rotta e spesso sbagliando: « Questo me l'hai già letto, non ricordi? » Per riallacciare i fili narrativi, invece, facevo più in fretta a chiedere subito a lei: « Dunque: cos'era successo, ieri? » E lei riassumeva, come la signorina della tv di tanti anni fa nel 'riassunto delle puntate precedenti'. Lei si sentiva importante, e infatti lo era. Era importante custodire nelle ore del giorno l'arazzo della storia che cresceva, e porgermelo alla sera, perché lo continuassi. Lo stupore, poi, era sinceramente reciproco: « Come fai a ricordarti? », « Come fai a non ricordarti? »

Memoria di libro in libro: le belle saghe di *Narnia*, di *Redwall*, dei *Mumin* e degli *Sgraffignoli*, dove la memoria era simile a un gioco felice di corse e gridi di nomi. E Tolkien, dov'era invece custodia orgogliosa di toponimi e genealogie, che pareva una danza assorta e arcana.

I libri danzano e crescono, nella memoria. Ci bastava pronunciare nomi di luoghi – Minas Tirith, gli Ered Lindon, Lothlórien – e sapevamo di farla insieme quella danza, dove chi danza è la memoria favolosa, che leva le braccia e batte coi piedi terre mai viste. E nel far questo cresce, *larger than life*, direbbero gli inglesi: *larger than book*.

E via così, leggendo e ricordando, fino a Harry Potter, dove la memoria di fatti e nomi può essere sport. È dei giorni in cui scrivo la notizia di un torneo nazionale estivo fra bambini campioni di quella saga. Gare e tornei di lettura, diffusi anche nelle scuole, fanno leva sull'agonismo naturale dei bambini, e la memoria dei libri letti diventa quiz. Non giudico severamente queste operazioni, non credo che facciano male, e potrebbero perfino servire per attrarre lettori; credo però che stiano alla memoria e al possesso profondo dei libri come le parole crociate stanno alla vera sapienza di un uomo.

Mia figlia, qualche anno fa, fu sottoposta a scuola a un'ardua pressione, a cui mi sono maldestramente aggiunto, perché fosse il campione della sua classe in uno di questi tornei di lettura. Doveva rispondere sul *Signore degli Anelli*, che conosceva bene. Ma non voleva andarci. Ricordo una notte di discussioni e pianti, che non serve raccontare nel dettaglio. Alla fine ho capito, buon ultimo, che aveva ragione, che non era codardia di fronte al cimento, o avarizia nei confronti della classe, ma rispetto di quella danza di memoria, di quella patria segreta e delicata. E non c'è andata.

Riflessioni

Un detto popolare dice che ai bambini bisogna dare ali e radici. Ali forti, per solcare cieli aperti e radici salde per sapere da dove si viene e dove si vuole andare. Le storie che arrivano da generazioni passate sono gli strumenti più adatti a costruire legami di continuità e appartenenza. Il ricordo di chi ci ha regalato una storia quando eravamo bambini è diverso da quasi tutti gli altri: porta con sé la certezza di essere stati amati. Difficilmente, infatti, si raccontano storie se non si sente di voler bene, se, anzi, non ci si sente straripare dal desiderio di rendere partecipe un'altra persona di qualcosa che per noi è bello e importante. Un'infanzia ricca di storie e di racconti prelude a una vita ricca di rapporti e di risonanze con le persone, con gli oggetti, con i luoghi e con le parole. Le fiabe della tradizione sono, da sempre, e malgrado gli attacchi che periodicamente subiscono da parte di chi per ragioni diverse vorrebbe bandirle, correggerle, ammodernarle, la fonte più genuina e necessaria per rendere ben salde le radici di chi sta crescendo. Le parole di cautela riguardano se mai la gradualità e la qualità linguistica delle fiabe da raccontare o da leggere, se la propria memoria ha bisogno di rinsaldarsi e arricchirsi. Le fiabe sono materia complessa ed è errato pensare che il fatto che alcuni racconti siano così denominati, autorizzi a crederli adatti a qualsiasi fase dell'infanzia. Accade spesso che, per renderli tali, si snaturino completamente e si renda piatto, insipido e incolore il loro linguaggio. Questo rischio è evitato nel caso di riscritture d'autore. Imprescindibili sono le Fiabe Italiane raccontate da Italo Calvino (Mondadori) accanto alle quali, per importanza, ricchezza di contenuti e cura editoriale, si possono collocare quelle raccolte e trascritte dal siciliano Giuseppe Pitrè e oggi disponibili in una scorrevole e vivace traduzione italiana (*Il pozzo delle Meraviglie*, Donzelli, 2013). Per le fiabe che giungono da altri paesi, a cominciare da quelle più popolari dei fratelli Grimm, Perrault e Andersen, se ne raccomanda, specie se si fa riferimento a raccolte complete, la versione integrale con traduzioni accurate e recenti. Sono state pubblicate di recente alcune belle e accurate raccolte: *Le fiabe dei Grimm per grandi e piccoli*, curate da Philip Pullman, Salani, 2013, a cui si affiancano quelle meno note raccolte da Jack Zipes nel volume *Principessa Pel di Topo e altre 41 fiabe da scoprire*, Donzelli, 2012.

Un discorso a parte meriterebbero le fiabe illustrate in singoli volumi. Pur se ammantato di immagini, valgono, per il testo, le considerazioni appena fatte: è bene che in copertina o sul frontespizio risulti il nome del trascrittore. E quanto alle immagini, la scelta è oggi così ampia da rendere quasi impossibile fare nomi senza sentirsi in colpa per averne tralasciati tanti altri: Roberto Innocenti, Fabian Negrin, Květa Pacovská, Lisbeth Zwerger, Steven Guarnaccia, Lorenzo Mattotti e innumerevoli altri.

LA MEMORIA DEL CUORE

Per persone non giovanissime, l'apprendimento a memoria evoca ricordi di esperienze scolastiche non proprio entusiasmanti. Lunghi elenchi di verbi irregolari greci o latini, definizioni, formule, classificazioni e molto altro; anche la poesia, naturalmente, gettata un po' maldestramente nel calderone, senza associarle quella parte di cuore che lingue diverse dall'italiano assegnano allo studio a memoria fin dalla sua denominazione. Imparare a memoria equivale infatti in inglese, francese, tedesco, a imparare con il cuore. E ben si sa quanto questa particolare forma di memoria sia tenace e capace di restituire, quando meno lo si aspetta, un ricordo pieno, ricco di sapore e di calore. Proporre poesia ai bambini, fin da quando sono piccoli, è un modo per far loro capire che non c'è distanza incolmabile tra linguaggio poetico e linguaggio quotidiano e che, proprio attraverso la consuetudine con la poesia, si può conservare la capacità tutta infantile di non disgiungere ciò che è corpo da ciò che è mente. Se si capisce presto che la poesia si abita, si vive, si respira, la memorizzazione avviene in modo spontaneo e viene alimentata dall'intenso piacere che si prova nello scoprire che in qualsiasi momento se ne può disporre, in qualsiasi momento può far nascere un sorriso sulle labbra di chi la ripete e su quelle di chi l'ascolta. Con gli anni le poesie cambieranno, non necessariamente susciteranno un sorriso, ma la sensazione di piacere sarà la stessa; sarà data dalla consapevolezza di poter attingere dalla propria memoria immagini e parole che ogni volta si rinnovano e ci rinnovano.

Il contatto con la parola poetica non dovrebbe certo fermarsi alla prima infanzia, né passare bruscamente all'impegno scolastico con i suoi rigidi canoni di autori che possono o no sollecitare la memoria del cuore in bambini e ragazzi. C'è molta strada intermedia da percorrere e ciò che si auspica è una proposta di vere poesie, ben scelte, che non intimoriscano il lettore inesperto con un codice linguistico impervio. Il bel saggio di Chiara Carminati *Perlaparola* (Equilibri, 2011) della cui lettura beneficerebbero molti insegnanti alle prese con allievi riottosi e quasi refrattari a questo argomento, propone molte inaspettate sorprese al riguardo.

I LIBRI CHE APPARTENGONO ALLA MEMORIA DEGLI ADULTI

Ai libri conosciuti nella prima infanzia ci si affeziona molto. Tanto che quando – da adulti – capita di ritrovarsene uno tra le mani, il senso critico si affievolisce e ci si trova in difficoltà a valutare se è ancora proponibile ai bambini di oggi. Certo i gusti cambiano, cambia il modo di scrivere e il modo di disegnare. Ma non sono questi, in realtà, i motivi per cui un libro del passato « non va più bene » per i bambini di oggi. Non vanno bene quelli scritti da autori più interessati ad illustrare teorie pedagogiche che a inventare storie interessanti, più inclini ad andare nostalgicamente alla ricerca del proprio io-bambino piuttosto che, di quell'io, catturare e far rivivere piccole e grandi manifestazioni senza indulgere a compiacimenti, sentimentalismi o moralismi.

Perché il Pinocchio di Collodi, generalmente, piace più dell'Enrico Bottini protagonista del deamicisiano *Cuore*? Forse perché Pinocchio, pur essendo un burattino è più autentico. Agisce, patisce e gioisce come un bambino vero e con lui il lettore bambino si identifica completamente. Enrico, al contrario, pur muovendosi in un contesto assolutamente realistico, agisce come un burattino: si fa fatica a capire quali emozioni lo attraversino e quali siano i suoi veri sentimenti.

Come Pinocchio, molti altri personaggi sopravvivono, a dispetto dell'età e dei cambiamenti di mode e costumi. Molti considerano leziosi se non addirittura irritanti gli innumerevoli animali antropomorfizzati che popolano i libri per bambini: i conigli con giacchetta blu e bottoncini d'oro (*Peter Coniglio* di Beatrix Potter, nato nel 1902), gli elefanti con gilet e cappello che dalla giungla arrivano in città e si incantano di fronte alle bellezze della vita cittadina (*Babar*, naturalmente), gli orsacchiotti di pezza che diventano orsacchiotti veri dal temperamento contemplativo e dall'insaziabile desiderio di miele (*Winnie Puh*, nella versione pre-disneyana). Ma quanto umorismo, quanta saggezza, quanta verità psicologica c'è in loro e quanto 'realismo' nelle loro vicende! È davvero un peccato non conoscere da piccoli questi personaggi ed è difficile credere che si riesca a sostituirli con altri altrettanto autentici.

Suggestioni

[...]

Vorrei dire a chiunque vorrà raccontare queste storie di non aver paura di essere superstizioso. Se avete una penna fortunata, usatela. Se riuscite a parlare in maniera più intensa e arguta indossando un calzino rosso e uno blu, vestitevi così. Io, quando lavoro, sono superstiziosissimo. E la mia superstizione è legata alla voce che racconta. Credo che ogni storia sia affidata alle cure di un suo spiritello personale, a cui noi diamo voce quando la raccontiamo, e credo anche che la raccontiamo tanto meglio se ci avviciniamo allo spiritello con un certo grado di rispetto e cortesia. Questi spiriti possono essere vecchi o giovani, maschi o femmine, sentimentali o cinici, scettici o creduloni e così via e, inoltre, sono del tutto amorali: come gli spiriti dell'aria che aiutano il forte Hans a uscire dalla cava, gli spiritelli delle storie vogliono aiutare chiunque abbia l'anello, chiunque racconti la storia. All'accusa che queste sono assurdità e che per raccontare una storia non serve altro che l'umana immaginazione, io rispondo: « Certo, e la mia immaginazione funziona così ».

[...]

P. Pullman, *Le fiabe dei Grimm per grandi e piccoli*, Salani, 2013, pag. 17

Ecco l'Orso Edoardo che scende le scale, bump, bump, bump, sulla nuca, dietro a Christopher Robin. Per quanto ne sa lui, è l'unica maniera di scendere le scale, ma certe volte ha la sensazione che ce ne debba essere un'altra, se solo potesse smettere un momento di picchiare la testa e pensarci su. D'altra parte forse un altro modo non c'è. Comunque eccolo arrivato in fondo e pronto a esservi presentato. Winnie Puh.

La prima volta che sentii il suo nome domandai, come domanderebbe chiunque: « Ma non è un maschio? »

« Sì che lo è » mi rispose Christopher Robin.

« Ma Winnie è un nome da femmina, no? »

« Sì che lo è »

« E allora... »

« Lui si chiama Winnie *il* Puh. Non sai cosa significa 'il'? »

« Ah, sì, certo, lo so benissimo » mi affrettai a rispondere; e spero che lo sappiate anche voi, perché è l'unica spiegazione che avrete.

[...]

A.A. Milne, *Winnie Puh*, Salani, 2009, pag. 15

Lo studio a memoria della poesia è ancora obbligatorio, mi dicono, e ancora mal sopportato dai ragazzini. Sarà, ma « Dolce e chiara è la notte e senza vento » o « quel giorno più noi non leggemmo avanti » devono pur risuonare in un'aula scolastica. Sono spiragli aperti per un attimo su un mondo parallelo che esclude merendine e play-station. Un mondo di suggestioni enigmatiche e dolcissime, che per molti scomparirà forse per sempre ma per altri resterà per sempre lì a portata di mano, evocabile in ufficio, guidando sull'autostrada, spingendo il carrello per un supermercato. « Tu non ricordi la casa dei doganieri... », non c'è bisogno di ricordare il resto, la poesia funziona come le formule magiche nelle fiabe. Basta mormorare « *Entends, ma chère, entends la douce nuit qui marche* » e già sei passato di là, tra quei suoni (di qualsiasi lingua) allusivi e soavi che mettono distanze liberatorie, terapeutiche, tra le tue meschinità immediate e quell'altra « cosa », che in fondo non si sa come definire e che sta lassù, laggiù, da qualche parte nel cosmo.

C. Fruttero, *Tuttolibri*, 11.01.03

11.
RACCONTO
Conquistare, trasformare

Racconti

Abbiamo letto tanto, con mia figlia, ma raccontato poco. Lei s'è sempre lamentata fieramente che io non le volevo raccontare. La verità è che non ne ero capace. Non tutti gli scrittori sono buoni contastorie, per quanto molti siano convinti d'esserlo. Io non ricordo le storie che leggo e che sento; ricordandole, non le so dipanare, sviluppare col giusto passo del racconto orale; non ricordandole, non me le so inventare lì per lì. I libri insomma ci sono per questo, per questo li scrivo io stesso: per aiutare chi non sa raccontare, me compreso.

Alcune eccezioni, però, ci sono state. Il racconto della cena, per esempio, ripetuto ogni sera uguale, quando mia figlia era molto piccola, 'per farla mangiare'; per una stagione fu il racconto dell'origine del mondo secondo Tolkien, tratto dal *Silmarillion*, o una sua semplificazione favolosa; per un'altra stagione fu una versione adatta, drasticamente ridotta alla lunghezza d'una pappa, della *Storia Infinita* di Ende.

Altri racconti invece, stavolta inventati, accadevano magicamente una volta sola, e la figlia per questo tuttora li ricorda incantata. Crescevano e si sviluppavano sull'architettura dei luoghi, usata come soggetto, schema suggeritore d'invenzione e al tempo stesso teatro del racconto. La storia di Caterina, figlia muta dell'antica e potente famiglia che abitava nel Parco Talòn, a Casalecchio, tanti e tanti anni fa... Il palazzo nobiliare, ora in macerie, da cui la piccola venne allontanata; la casipola diroccata più a valle, dove venne reclusa; il viottolo, lungo cui la vecchia serva le portava il desinare; il boschetto, da cui vennero gli Gnomi che le insegnarono in segreto le parole; la tavola in pietra con cibi e stoviglie scolpite, testimonianza del terribile castigo a cui i crudeli genitori andarono incontro. Ma fu un episodio, questo racconto improvvisato sul paesaggio, che si ripeté soltanto un'altra volta al Parco di Laconi, in Sardegna, dietro pressanti istanze, con un'altra storia.

La vera fonte dei racconti a voce, in realtà, fu la solita Zia Minni. A un pugno di personaggi tratti dal film d'animazione *Robin Hood* di Walt Disney l'inesauribile zia affiancava figure inventate, che intrecciavano storie inventate ogni volta diverse; fino a formare una compagnia stabile che, con gli interventi da suggeritore della nipotina, tenne la scena per molti e molti anni.

Così la figlia ebbe da me le storie fatte e finite dei libri, da ascoltare in silenzio, che spalancavano ordine e bellezza; e dalla zia le storie raccontate, mobili e aperte, da ascoltare e inventare insieme, che aprivano la manifattura dei racconti.

E infatti anche lei cominciò a raccontare. Agli amici di gioco, a casa, e ai compagni di scuola, a mensa. Dapprima, quando era più piccola, inventava le storie, che immagino convulse e strafalcione; poi, più avanti, raccontava quelle dei libri che leggevamo insieme.

Altri libri, che cominciava a leggere da sola, erano invece la materia prima di un'altra linea produttiva della manifattura dei racconti: i compiti di scuola. La 'scheda del libro del mese', che la maestra d'italiano in quarta e quinta chiedeva a tutti di compilare. E lì nasceva ancora un'altra forma di racconto – parafrasi, riassunto, rendiconto – che aveva un altro e speciale ascoltatore, dotato di matita per il voto.

Racconti di libri nello spazio d'una pappa; racconti inventati sullo schema di un giardino; racconti condivisi, che crescono per anni; racconti infine conquistati e amministrati, e trasformati per i compagni e per i compiti. Racconti necessari alla lettura, come una corsa di giochi che rende più nostro, correndoci dentro e correndone fuori, il giardino dei libri stampati.

Riflessioni

Le storie ascoltate nell'infanzia hanno particolari poteri: agiscono nel profondo e vanno a collocarsi nel luogo dove sogni e fantasie forgiano nel bambino la sua visione del mondo: la modificano, quando è necessario, la precisano con la messa a fuoco di nuovi dettagli, la ampliano con la scoperta di prospettive diverse. La fame di racconti che i bambini mostrano di provare con particolare intensità in determinati momenti della crescita è fame di esperienze che, se pur vissute in modo vicario, costituiscono un buon banco di prova per imparare a governare emozioni ed esperienze reali. A volte, questa fame di storie si scontra con l'afasia o la stanchezza degli adulti ed è costretta a rivolgersi altrove, rimediando alimenti meno genuini e nutrienti. In assenza di una voce che racconta, il bambino fa crescere dentro di sé un altro modo di apprendere e di decodificare il mondo che lo circonda. Un modo che renderà più difficile ed estraneo il rapporto con il tempo e i modi della lettura, quando la scuola, inevitabilmente, gli chiederà di istaurarlo.

Molti genitori chiedono se sia meglio leggere o raccontare. La risposta è facilissima: è meglio fare entrambe le cose...tenendo conto delle inclinazioni personali, dell'età e delle richieste del bambino, del momento della giornata, della quantità di piacere che si ricava e si produce con l'una o l'altra modalità. È tuttavia giusto ricordare che la lettura ad alta voce richiede più attenzione, ma conduce più direttamente a un interesse per quella che sarà poi la lettura individuale, abitua al contatto con il libro, rende famigliari le modalità della lingua scritta. L'ascolto di un racconto è più facile, immediato e coinvolgente, ma tende a legare la piacevolezza dell'esperienza alla persona che l'ha determinata, sottintendendo quasi che, in sua assenza, l'esperienza non è ripetibile.

Le storie che provengono da una tradizione orale sono

naturalmente quelle che maggiormente si prestano al racconto estemporaneo che, in quanto tale, tollera le molte possibili variazioni, mutilazioni e divagazioni che rendono pù godibile e personalizzata l'esperienza dell'ascolto.

SAPER RACCONTARE

Come per altre capacità o inclinazioni umane si pensa che il saper raccontare, un po' come saper cantare o disegnare, sia una sorta di dono naturale che una persona può o no aver ricevuto dal cielo. In realtà il saperlo fare presuppone l'esistenza di un proprio repertorio e la sua conoscenza approfondita. In ambito scolastico, gli insegnanti che sanno raccontare possono determinare una radicale trasformazione nel desiderio di apprendere dei propri allievi. Ecco come lo scrittore norvegese Roald Dahl, uno di quei rari autori capaci di incatenare alla pagina anche il lettore più riluttante, ci informa di come una sua insegnante, raccontando opere della letteratura inglese, ha dato inizio alla sua passione per le parole:

« ... che divertimento per noi! Aveva quella speciale abilità di tutti i grandi maestri di far rivivere nella stanza quello di cui ci parlava. In due ore e mezza arrivavamo ad appassionarci a Langland e al suo *Pietro l'aratore*. Il sabato successivo toccava a Chaucer e imparavamo ad apprezzare anche quello. Persino autori piuttosto difficili come Milton, Dryden e Pope diventavano entusiasmanti quando la signora O'Connor ci parlava delle loro vite e ci leggeva brani delle loro opere. Il risultato, almeno per quanto mi riguarda, fu che già all'età di tredici anni avevo una conoscenza approfondita della grande tradizione letteraria che si era andata affermando in Inghilterra attraverso i secoli. Diventai anche un avido e insaziabile lettore di classici.

Cara e dolce signora O'Connor! Forse è valsa la pena andare a quella scuola orribile solo per la gioia di godere dei suoi sabati mattina ».*

COSA FA DI UNA STORIA UNA BELLA STORIA

Lasciamo ancora una volta la parola a un esperto narratore e riflettiamo sulle sue osservazioni.

Il narratore in questione è l'inglese Saki, il quale, con il corrosivo umorismo che contraddistingue la sua scrittura, ci offre puntuali indicazioni sul modo in cui le storie attraggono o respingono l'ascoltatore. Vediamo come. Nel corso di un noioso viaggio in treno – racconta Saki** – una zia cerca di tenere a bada tre nipotini impertinenti raccontando loro una storia. Lo fa « in tono basso e confidenziale, continuamente interrotta dalle petulanti domande a voce alta dei suoi ascoltatori ». E come se non bastasse il tono dimesso e sfiduciato, la storia scelta, « del tutto priva d'inventiva e noiosa oltre ogni immaginazione » riguarda « una bambina buona che grazie alla sua bontà diventava amica di tutti quelli che incontrava e che alla fine, inseguita da un toro infuriato, veniva salvata da una quantità di soccorritori ammirati dalla sua saldezza morale ». Contestata dai piccoli ascoltatori che reputano la storia appena ascoltata la più stupida che sia mai capitato loro di sentire e messa in imbarazzo da uno sconosciuto compagno di viaggio, visibilmente infastidito dall'irrequietezza dei tre ragazzini, la zia cede armi e parola al compagno di viaggio il quale accetta la sfida e racconta a sua volta una contro-storia in cui gli aspetti convenzionali

* R. Dahl, *Un gioco da ragazzi*, Salani, 1995, pag. 164

** Saki, *Il narratore di favole* in *La zia ha adottato un licantropo*, Salani, 2002, pag. 73 e segg.

e insipidi della prima vengono scardinati sia a livello linguistico che a livello tematico. Ne viene fuori una storia « sconveniente » che, secondo la zia, mina gli effetti di anni di vigile educazione, anche se ha avuto il merito di tener tranquilli i ragazzini per dieci minuti, il che (non manca di sottolineare il flemmatico viaggiatore) è meglio di quanto abbia saputo fare la zia. In che modo la storia si è trasformata? All'inizio non sembrava molto diversa dalla precedente, tanto che i bambini non nascondono impazienza e delusione. Anche la seconda storia ha infatti per protagonista una bambina straordinariamente buona, che « faceva tutto quello che le dicevano di fare, non diceva le bugie, non si sporcava mai i vestiti, mangiava il semolino come se fosse una crostata di frutta, faceva perfettamente i compiti, ed era molto, molto educata ». Insomma – conclude il viaggiatore – era una bambina « orribilmente buona ». Al suono di queste parole l'interesse dei bambini si risveglia di colpo: la parola 'orribile' messa in rapporto con la bontà era qualche cosa di nuovo che si imponeva. Sembrava introdurre un senso di verità che mancava nei racconti della zia sulla vita infantile.

Sostenuta dall'avido ascolto dei tre ragazzini e punteggiata da domande che trovano una precisa quanto sorprendente risposta, la narrazione del viaggiatore prosegue capovolgendo i motivi più consueti della favolistica tradizionale e giunge a una conclusione inquietante: l'orribile bontà della bambina sarà infatti fonte non di salvezza, ma di irreparabile disgrazia.

Dal divertente racconto di Saki, emerge innanzi tutto uno dei principi più interessanti sul modo in cui funzionano le storie o quanto meno sul modo in cui nascono: una buona storia sembra scaturire da uno scarto dalla norma. L'elemento scatenante, quello che accende la creatività dell'autore e l'interesse di chi legge o ascolta, è qualcosa che produce una inattesa deviazione all'interno di un percorso che ci si aspetta lineare. Qualcosa di inaspettato e di insolito che sollecita curiosità e interesse. In molti casi questa devianza (linguistica o situazionale) assume le caratteristiche di un ossimoro. Come nel caso del racconto di Saki, consiste infatti nell'accostare due elementi che inducono percorsi di senso opposti (la bambina orribilmente buona).

Molti degli esercizi che proponeva Gianni Rodari nella sua *Grammatica della Fantasia* fanno leva sullo scarto dalla norma determinato dall'uso insolito di elementi lessicali, da abbinamenti sorprendenti (i cosiddetti binomi fantastici). Nel caso di scarti situazionali, sollecitano particolarmente la creazione di una storia quelli che si legano o si possono legare a una esperienza personale significativa, raccontata in modo indiretto, quel modo cioè che rende emotivamente 'sicura' la narrazione. Ricordo a questo proposito una piccola storia creata dal mio bambino Francesco, quando aveva poco più di due anni. Gli capitava, a quell'epoca, di trascorrere qualche mezza giornata in compagnia di una zia che lo portava a spasso per la città parlandogli del più e del meno. Di fronte al monumento a Vittorio Emanuele II che si staglia, in perfetta solitudine, al centro di uno slargo di Torino, la zia commenta sul possibile senso di solitudine di cui quel re può soffrire. La risposta di Francesco è fulminea: « Sì, è solo, ma poi viene la sua mamma e lo consola! » Se il re fosse stato definito potente, ricco, coraggioso, se fosse stato oggetto di una rappresentazione abituale (e, sicuramente, anche più estranea all'esperienza del bambino) avrebbe dato spunto a una microstoria altrettanto pregnante e rivelatrice?

Suggestioni

« C'era una volta », qualcuno aveva detto, e una storia s'era impigliata alle orecchie di Silvia, una bambina con gli occhi scuri color della castagna e nel cuore il frullar d'ali delle farfalle.

C'era una volta... cominciavano così le storie che Silvia ascoltava.

Chiunque avesse da raccontare, sapeva che Silvia sarebbe passata di là, pronta a orecchiare, immaginare, domandare e chiedere storie.

Ancora e ancora.

Narravano i vecchi a cui la memoria ogni tanto mancava.

Narravano i giovani che vivevano quel che c'era da vivere con la voglia di non dimenticarsene.

Narravano i bambini, giocando a « facciamo che io ero... »

E crescevano le storie, salivano dal cuore, dalla mente, dalle ore.

Tante. Troppe da ricordare.

Silvia, allora, andò dalla sarta del paese. Le chiese un dono.

« Sono poverella, figlia mia. Che ti posso dare io che non ho niente? »

« Puoi darmi, commarella, i fili persi della tua bottega ».

« Che ci vuoi fare? »

« Ci voglio fare un gomitolo di filo ».

« È cosa faticosa, creaturella. Sono corti i fili persi. Per fare un filo li devi annodare. E sono tanti da stancare le dita solo a contarli ».

« Ho mani forti e so contare mille e mille. Dammi il permesso, vecchia commare, di raccattare i fili perduti ».

« E sia », disse la sarta.

Silvia si chinò a radunare i fili persi.

Corse a casa e, con la santa pazienza, li annodò uno all'altro, fino a farne un grande gomitolo colorato.

[...]

L. Mattia, V. Facchini, *Per filo e per segno*, Donzelli, 2012

[...]
Svolgere una matassa, fare un gomitolo, tessere tele sono metafore universali per indicare la narrazione, e questo fin dall'antichità; alcune figure mitiche le rappresentano, come Arianna, Penelope ecc. La metafora del tessere suggerisce quel tranquillizzante ritrovare una forma e un ordine, « il filo del racconto », che consente di dipanare il disordine della vita, come scriveva lo scrittore austriaco Robert Musil. I sostantivi intreccio, trama, testo, che indicano la narrazione, sono l'eredità di questa metafora.

[...]

A. Accardo, *L'arte di ascoltare. Parole e scrittura in Grace Paley*, Donzelli, 2012, pag. 3

« Ho raccontato storie mie e di altri a tutti i miei figli praticamente in tutte le situazioni e i momenti della vita in comune. Di mattina, di pomeriggio, di sera, di notte, passeggiando in strada e durante i viaggi, mentre mangiavano o quando erano sul vasino, tutte le volte che mi parevano tristi o preoccupati o quando semplicemente me lo chiedevano. Soprattutto ho letto e raccontato per farli addormentare contenti.....Ai bambini le storie bisogna raccontarle spesso e con amore. Bisogna sceglierle e inventarle proprio per loro e con lo stesso affetto sincero di quando si scrivono le lettere d'amore. Tra le frasi della mia vita che ricordo con più gioia è – al buio – quella di un mio figlio o di una mia figlia che mi dice: « Resta ancora un po' qui con me ». Così io rimango lì vicino, racconto piano una storia magica e il sonno arriva a un bambino contento ».

Pinin Carpi

12.
VIAGGIO
Camminare, saltare, fermarsi

Racconti

Nei computer si chiama *buffer* un'area di memoria destinata a immagazzinare in anticipo una scorta di dati che il processore man mano smaltisce. Anche l'occhio del lettore ad alta voce 'bufferizza' naturalmente sulla riga: corre avanti, precede la voce di qualche parola, per preparare la pronuncia delle frasi, la comprensione e l'intenzione del discorso; per non farsi sorprendere a scandire una battuta con fiero cipiglio, trovando scritto poi alla fine 'sussurrò'.

Ma dopo un po' di anni che leggevo a mia figlia, se un silenzio si prolungava oltre un pugno di secondi senza evidenti motivi, arrivava implacabile l'intimazione: « Non leggere avanti! »

E aveva ragione. Il passo lento della lettura ad alta voce, in tratti avvincenti del libro, frustrava l'impazienza del lettore, e la vecchia attitudine alla corsa della lettura muta, alla fine, spiccava senza volerlo. « Non leggere avanti! » Come faceva ad accorgersene subito? Poteva ben essere uno sbadiglio silenzioso, un guardare l'orologio meditando. L'ho capito quando è avvenuto il viceversa: che lei leggendo correva avanti e io aspettavo. Perché lettore e ascoltatore, se tutto funziona, corrono insieme di pari passo, apparigliati come un tiro a due; e anche chi ascolta in quei tratti avvincenti precorre febbrile, sbircia il seguito, attende; e se si trova di punto in bianco ad annaspare, sbilanciato nel vuoto d'un silenzio, capisce subito dove corre il suo compagno.

Altri salti in avanti, invece, avvenivano per altre ragioni: censure e tagli di parole o frasi, improvvisate ad arbitrio dal lettore, o decise in accordo con l'ascoltatrice. Talvolta – di rado, a dire il vero – l'occhio che correva avanti sulla riga scorgeva qualcosa da cui il padre sentiva di dover proteggere la figlia: una parola troppo forte, un'azione cruenta, una figura inutilmente brutale. Più che un giudizio meditato era un gesto d'istinto, con un tempo di reazione così breve: una mano a schermare la testa, a scacciare un insetto. E una rapida ricucitura in tempo reale della tela bucata del discorso. Altre volte invece – altrettanto di rado – il salto non era un atto istantaneo e istintivo: sulla strada di estenuanti descrizioni, lezioni, elucubrazioni (certi passaggi teologici di Philip Pullman), dopo esserci ostinati per un pezzo, si faceva consulto, si sbirciava il cammino avanti, si decideva di tagliare per i campi riacchiappando la strada un po' più in là.

Ma se c'era il comando di *skip*, c'era anche il *rewind*: saltare avanti, ma anche tornare indietro. Sentire daccapo ciò che si è appena sentito è qualcosa che accade con la musica. Quindi, nella lettura, almeno per noi, con autori di lingua musicale, che cantano quando raccontano; quindi, ancora per noi, solo italiani, perché si riesce a cantare veramente soltanto nella propria madrelingua: e quindi, sempre per noi, solo Piumini. Solo con lui è capitato che mia figlia dicesse « Bello! » (o lo dicevo io?), tirando il respiro profondo alla fine d'un brano. E che d'accordo lo gustassimo daccapo.

Ultimo tipo di passo, sul cammino del libro, è un passo fatale: l'abbandono a metà. A noi è capitato più volte, per noia perfetta (*Capitani coraggiosi*), per vaga inquietudine (*Nano Nasone*), per pura paura (*Il settimo figlio*); per niente, per inspiegabile consunzione, per il semplice impallidire d'una cosa lasciata lì a metà senza un motivo.

Sono cose che accadono nei viaggi. Dispiace per la strada abbandonata, che forse (per *Il settimo figlio* è accaduto) si riprenderà. Ma come il mondo è pieno di posti, è pieno di libri, e lo sguardo smemorato e curioso si gira già intorno per scegliere il prossimo viaggio.

Riflessioni

Jorge Luis Borges, che di narrazione certo si intendeva molto, sosteneva che tutte le storie del mondo non sarebbero che variazioni di un'unica grande storia, quella di Ulisse. Non a caso la storia di un viaggio. Come dire, quindi, che tutte le storie raccontano un viaggio. Portano il protagonista (e il lettore che con lui si identifica) da un punto di partenza a un punto d'arrivo attraverso percorsi lineari o circolari. Anche quando il punto di arrivo coincide con quello di partenza, protagonista e lettore alla fine del viaggio non sono più quelli di prima. Le avventure e le esperienze accumulate lungo il percorso hanno determinato un cambiamento, hanno accresciuto la conoscenza di sé e del mondo, sono state occasioni di crescita e di trasformazione.

I primi viaggi che i bambini compiono con i libri hanno un'estensione geografica molto limitata: riflettono in modo quasi letterale l'esperienza quotidiana, offrono uno specchio in cui riconoscere ciò che già si sa. Presto, tuttavia, i viaggi diventano più impegnativi e interessanti perché al paesaggio interiore si aggiunge quello esteriore, che permette al lettore bambino non solo di arricchire la conoscenza del mondo esterno, ma di riconoscere, dare un nome e forse anche una spiegazione alle proprie emozioni e ai propri sentimenti. Poco importa, allora, se a vivere avventure ed emozioni è un pinguino, un orsacchiotto di peluche o un burattino di legno: ciò che conta è l'autenticità psicologica che questi personaggi sanno trasmettere, a quella il bambino si attiene e da quella apprende che negli strani oggetti chiamati libri non ci sono solo parole o immagini, ma cose che riguardano la propria vita. Una scoperta, questa, che funziona come una calamita, che farà compiere a ritroso più e più volte lo stesso viaggio per esplorare meglio, per capire meglio, per essere sicuri di non essersi lasciati sfuggire alcun dettaglio.

Più complessi e avventurosi sono poi i libri che portano il lettore in territori del tutto sconosciuti e svelano aspetti dell'esperienza che ancora non gli appartengono. Glieli fanno però intravedere, glieli fanno vivere con l'immaginazione, glieli rendono accessibili. E così facendo gli fanno comprendere appieno la straordinaria magia di quell'atto semplice che è il leggere un libro, la magia del tempo dilatato che permette a ciascun lettore di vivere non una ma dieci, cento, mille vite. Una per ciascun libro letto ed amato.

VIAGGI RASSICURANTI

«Voglio un libro uguale a quello che mi hai dato l'altra volta». Questa richiesta non è infrequente né ritenuta stravagante da librai e bibliotecari che se la sentono rivolgere dai lettori principianti, siano essi bambini che affrontano la fatica di imparare a leggere o adulti che per la prima volta si sono imbattuti in un libro perfettamente rispondente ai loro gusti o alle loro capacità di lettura e desiderano replicare l'esperienza. Il successo, a volte strepitoso, dei libri « in serie » (per grandi e per piccoli) sta lì a dimostrare che l'esigenza di ripetizione è molto forte e giustificata. È opportuno quindi riconoscere e valorizzare i benefici che possono scaturire dalla lettura di libri con personaggi, trame, ambientazioni, temi e stili di comunicazione ripetuti e prevedibili che aiutano molto i lettori principianti a portare a termine la lettura di un libro in un tempo ragionevole, cosa non scontata neppure per gli adulti.

Le grandi saghe del passato (ancor oggi godibilissime) hanno creato generazioni di lettori appassionati, come del resto fanno quelle contemporanee. Primo fra tutti quella di Harry Potter, che è riuscito a far divorare centinaia e centinaia di pagine a lettori esperti e meno esperti, giovani e meno giovani. Altrettanto può essere detto per saghe che, sempre nel genere fantasy, hanno preceduto o seguito Harry Potter: *Il Signore degli Anelli* (Bompiani), *Le Cronache di Narnia* (Mondadori), la trilogia di Philip Pulmann (*La bussola d'oro*, *La lama sottile*, *Il cannocchiale d'ambra*, Salani). Anche al di fuori del fantasy la narrativa che presenta lo stesso personaggio in mille diversi contesti riscuote grande successo, dalla prima infanzia a molto oltre: da la *Pimpa* a *Peppa Pig*, da *Geronimo Stilton* a *La Schiappa*. Talvolta, quando un romanzo risulta particolarmente ben riuscito, l'autore sembra avere difficoltà ad abbandonare i propri personaggi e gli capita di scriverne un altro che addirittura precede, cronologicamente, quello già scritto. È accaduto a David Almond che dopo l'inquietante *Skellig* (Salani, 2009) ha meglio sviluppato uno dei personaggi secondari del primo romanzo, la bambina Mina, creando uno dei personaggi più affascinanti, convincenti e coinvolgenti della narrativa di quest'ultimo decennio (*La storia di Mina*, Salani, 2011)

MIGRAZIONI, DEVIAZIONI E VAGABONDAGGI

È fin troppo noto che i ripetuti viaggi dei bambini all'interno di una medesima storia non tollerano ingiustificati cambiamenti di percorso, ma – una volta sicuri di conoscere e ricordare ogni più piccolo dettaglio – i bambini si divertono molto a giocare A *sbagliare le storie*, così come insegnava Gianni Rodari. Sbagliar storie significa far migrare personaggi e situazioni da una storia ad un'altra, mescolare indizi e avvenimenti, modificare il punto di vista, ribaltare la morale, sfatare luoghi comuni, abbattere stereotipi, immaginare un seguito che vada oltre il tradizionale «...e vissero felici e contenti». I libri che giocano con questa possibilità sono numerosissimi, quasi tutti molto divertenti. Ecco qualche esempio di celebri albi illustrati a cominciare dal rodariano A *sbagliare le storie* (EL, 2009), agli ormai classici *Cappuccetti* di diversi colori creati da Bruno Munari (alcuni disponibili oggi nelle edizioni Corraini), alla *Signorina Si-salvi-chi-può* (P. Corentin, Babalibri, 2005), a *La vera storia dei tre porcellini* (J. Scieszka, L. Smith, Zoolibri, 2010), ai sempre corrosivi e divertenti *Versi perversi* di Roald Dahl (Nord-Sud, 2010) o alle storie riscritte da Fabian Negrin in soli 160 caratteri per adeguarsi ai tempi e ai modi della contemporaneità (*Favole al telefonino*, Orecchio Acerbo, 2010).

Suggestioni

Cenerentola

« E la sposò, e lei visse contenta ».
Eh, no! La vera storia è più cruenta:
in quella falsa, quella raccontata,
quando molti anni fa, fu inventata,
aggiunsero carezze e zuccherini
per far contenti bambine e bambini:
invece ascolta, è giusta fino a quando
le orribili sorelle stanno andando,
al gran ballo del Principe invitate,
di notte, tutte quante ingioiellate,
e intanto Cenerentola, tapina,
è chiusa giù, nell'umida cantina,
dove i topacci, in cerca di bocconi,
le stanno già assaggiando i talloni,
e lei strillava: « Voglio uscir di qui! »
Finché la Fata magica la udì,
e allora apparve, in una luce chiara
dicendo: « Tutto bene, bimba cara? »
« Ma come, tutto bene! » strillò quella.
« Ma se mi stan marcendo le budella! »
E poi, dando gran pugni contro il muro:
« Portami al ballo! » disse in modo duro.

R. Dahl, *Versi perversi*, Nord-Sud, 2010

Cosa ne pensa il rospo

Ho le grinze sulla pancia
e le rughe sulla schiena
una bolla in ogni guancia
ed un fiato che avvelena.
Mi son fatto mollo mollo
nella melma fino al collo
ma purtroppo non c'è nulla
che allontani una fanciulla!

Tutte quante son convinte
che a baciarmi con ardore
per incanto io diventi
un bellissimo signore...
Si avvicinano le audaci
mentre guardo le zanzare
e mi coprono di baci
fino a farmi soffocare.

Alla prossima che dice
« Vieni qui mio bel ranocchio »
perdonate me infelice
ma... le sputo in mezzo a un occhio!

C. Carminati, *Belle bestie*, Panini, 2013 (con CD allegato)

C'era una principessa che dormiva da cent'anni.
1 notte 1 principe innamorato la baciò e la svegliò.
Sei l'uomo dei miei sogni, disse lei. Poi si riaddormentò.

F. Negrin, *Favole al telefonino*, Orecchio Acerbo, 2010

« C'era una volta ». Una frase magica che, ogni giorno, dall'infanzia alla morte, ci porta in viaggio. C'era una volta. Le quattro parole che danno inizio alle nostre partenze più belle. Ecco perché mormorare « C'era una volta » è come issare la vela. Pagina bianca, vela bianca. Ci imbarchiamo nelle parole o sul mare. Davanti a noi, gli orizzonti misteriosi.

E. Orsenna, *La grammatica è una canzone dolce*, Salani, 2002

13.
SCELTE
Tracciare la rotta

Racconti

Finito un libro, ce n'è un altro che ci aspetta. E poi un altro, e un altro. Guardando avanti, si vede che non finiranno mai. Questo è bene, perché mi rende libero: per esempio di voler smettere di leggere, se viene quel giorno, senza che accada che mi capiti davanti la fine forzata del viaggio, il bordo del mondo.

E alle spalle? Come siamo arrivati fin qui? Chi l'ha tracciata la via, di libro in libro?

Nell'esperienza con mia figlia, io: almeno per i primi anni.

E seguendo che criterio? Solo quello della bellezza, del piacere. Non c'era un progetto, un *gradus*, un percorso bibliografico mirato. Mi domandavo coscienziosamente, beninteso, se quel tal libro che attraeva me potesse essere compreso e gustato da quella bambina. Ma al di là dell'intuito, e dei gusti che crescendo assieme si assomigliano, non c'era altro modo per saperlo che provare: e correggere la rotta, se era il caso. Il principio del piacere è più elastico di un programma ragionato, perché è pronto a riconoscere rapidamente un nuovo piacere, quando nasce, o l'assenza di piacere, se non nasce.

Ecco un esempio. Le scelte dei libri sono orientate, fra altre cose, dai generi. Io preferivo le storie fantastiche o remote a quelle domestiche e quotidiane: eroi e terre e tempi lontani piuttosto che case e famiglie di oggi e di qui. E storie remote o fantastiche proponevo a mia figlia. Ma per fortuna non ero il solo indicatore di rotte: da altre fonti benemerite (amici, bibliotecarie, libraie) filtravano altre proposte. E se queste mi facevano scoprire gli scenari quotidiani e domestici delle *Vacanze all'Isola dei Gabbiani*, di Astrid Lindgren, che narrando di quiete giornate al mare aprivano il sogno della vita nella vita, e non in mondi fantastici e remoti, allora generi e preferenze si ridisegnavano senza un pensiero al mondo.

Una navigazione a vista, quindi, con la rotta tracciata per

generi e titoli dal capitano padre, nei primi anni, e poi sempre più concordata dall'intero equipaggio. Con mediazioni magnanime, sorprendenti scoperte, felici conferme: ma anche decise chiusure. Il mio genere preferito di letture avventurose, per esempio, è stato per anni la fantascienza; per tre o quattro volte ho provato a proporlo alla figlia, che diligente ascoltava: ma è stato vano, dovevo capitolare alla sua noia. E lei per contro, quando oramai leggeva anche da sola, ha provato a più riprese a iniziarmi a certi libri che amava, pieni di adulti tonti, bambine furbe, zie ganze, e gridolini e trame e bronci a scuola e a casa: e a mia volta ci ho provato ad ascoltare, ma sopraffatto dalla noia ho chiesto grazia.

Solo due volte credo d'avere dato a questa rotta due perentori colpi di timone. Il primo col *Signore degli Anelli*, verso i mari occidentali dell'epica, il secondo con Roberto Piumini, verso quelli sconfinati della lirica. Di questa seconda manovra vado orgoglioso: ho atteso a lungo, che mia figlia avesse letto storie, storie, storie... Libri dov'è famelicamente importante il *cosa* accade, e appena percepito il *come* viene narrato: dove la storia zittisce il narratore. E quando m'è sembrata pronta, le ho letto, come finta d'apertura, *Zineb e i Pirati*, e come affondo *Lo stralisco*. Toccata: « Questo libro è diverso dagli altri... » diceva incantata e spersa. Sì, l'hai sentito? Questa voce è un'altra cosa. Ma non c'è fretta, la ritroverai.

Ecco dunque le vie da libro a libro, le vie di scelta e chi e come le tracciava. Appaiono caotiche, casuali, improvvisate, come le vie delle maturazioni mentre avvengono. Ma non mi stupirei se, viste dall'alto, unendo i punti dei libri successivi, scoprissimo che tracciano la forma di una rondine, di un giaguaro, di un uomo.

Riflessioni

I libri per bambini e ragazzi costituiscono un settore dell'editoria particolarmente ricco, articolato e complesso. Se, alle orecchie di molti, non suonasse come un paradosso, si potrebbe dire che per orientarsi al suo interno occorrono più competenze di quelle necessarie per orientarsi nel settore riferito al mondo adulto. Benché la situazione sia molto cambiata e migliorata negli ultimi anni, l'informazione sui libri per bambini e ragazzi è ancora scarsa e raggiunge agevolmente e fors'anche abbondantemente solo un pubblico di addetti ai lavori. Per tutti gli altri ancora valgono le tappe obbligate: i libri strenna per Natale, i best seller clamorosi, i libri che la scuola consiglia di (o obbliga a) leggere durante le vacanze estive e così via. L'informazione più attenta e mirata è dunque quella che ciascun interessato può andare a trovare da sé, su libri, riviste specializzate, siti internet italiani e internazionali e, ove possibile, attraverso contatti personali e frequenti con le librerie specializzate (assai cresciute in numero e qualità), le biblioteche (oltremodo attente al settore), le ricorrenti manifestazioni legate al libro e alla lettura.

Informarsi e farsi consigliare non è obbligatorio, né consigli e informazioni sono da considerarsi infallibili. Le variabili sono infinite e così le trappole di un marketing assillante, almeno quanto lo è in altri settori merceologici. Gli elementi fondamentali per orientarsi sono principalmente due: la curiosità personale (che ci si augura di aver sollecitato anche attraverso le pagine di questo stesso libro) e l'esperienza di lettura. Si impara a leggere leggendo e il piacere che se ne ricava fa crescere, a sua volta, la curiosità.

QUALE LIBRO È ADATTO E PER QUALE ETÀ?

Per facilitare le scelte di genitori e di altri adulti interessati, molte case editrici suddividono la produzione in articolatissime « fasce d'età ». Succede però che le indicazioni fornite invece di essere d'aiuto generino sconcerto e confusione. I lettori, bambini o adulti che siano, sono molto diversi tra loro. Sono diversi per gusti, esperienza di lettura e di ascolto, capacità di comprensione, maturità emotiva, volontà di impegno, desiderio di regredire o, al contrario, di balzare in avanti con curiosità e avidità. Grandi differenze si creano inoltre in base alle modalità di fruizione: libri che i bambini non leggerebbero da soli, sono avidamente ascoltati e assorbiti se un adulto li legge ad alta voce offrendo la propria disponibilità a chiarire concetti oscuri, semplificare passaggi troppo complessi, abbreviare descrizioni troppo lunghe.

I PREMI DESTINATI AL MONDO DEI LIBRI PER BAMBINI

Sono numerosissimi e, quelli istituiti in Paesi di più consolidata tradizione, risalgono ai primi decenni dello scorso secolo. La Newbery Medal viene assegnata negli Stati Uniti dall'Associazione Servizi Bibliotecari (ASB) al miglior libro dell'anno fin dal 1922, la Caldecott Medal, al miglior illustratore dal 1938. In Gran Bretagna, la Carnegie Medal per il miglior autore viene assegnata dal 1936 e il Kate Greenaway Award, premio per l'illustrazione, è assegnato dal 1955. Di più recente creazione (1999) è la nomina di « poeta laureato » per l'infanzia: derivazione dell'istituzione che risale al XVI secolo, ma in questo caso destinata all'infanzia. La nomina avviene ogni due anni e finora ne sono stati insigniti autori e illustratori quali Quentin Blake, Anne Fine, Michael Morpurgo, Jacqueline Wilson, Michael Rosen, Anthony Browne, Julia Donaldson e Malorie Blackman. Nomi di consolidata fama internazionale e che hanno ricevuto riconoscimenti anche da parte dei maggiori premi nazionali e internazionali.

Il premio internazionale di più ampio respiro, poiché valuta la produzione di autori e illustratori di tutto il mondo, è l'International Hans Christian Andersen Award. Considerato il vero e proprio Nobel per la letteratura per l'infanzia premia ogni due anni dal 1956, per il complesso della loro opera, i migliori scrittori e, dal 1970, anche i migliori illustratori. Gli italiani premiati sono stati finora Gianni Rodari (1970) e Roberto Innocenti (2008).

I nomi che ricorrono nei lunghi elenchi dei premiati (facilmente reperibili sui siti intenet) sono, nella quasi totalità dei casi, molto noti anche in Italia. Ciascuno di loro rappresenta un mondo e dà vita a un mondo di emozioni, situazioni e personaggi sui quali sarebbe doveroso soffermarsi. Alcuni sono stati nominati in queste stesse pagine, altri sono rimasti esclusi e l'invito ancora una volta è quello di verificare e indagare le ragioni che hanno condotto, non solo le giurie professionali, ma anche tanti, tantissimi lettori in tutto il mondo a decretarne bravura e successo.

Anche in Italia i premi dedicati all'editoria per l'infanzia sono numerosi e alcuni di essi già ben consolidati. Il più ricco e articolato prende il nome dalla rivista che l'ha istituito e si chiama anch'esso H.C. Andersen, nato nel 1981. Premia ogni anno libri per le diverse fasce di età, oltre ad altre categorie (libri mai premiati, libri fatti ad arte, fumetti). Premia inoltre l'autore dell'anno, librai e operatori che lavorano per la promozione della lettura. L'appuntamento annuale di fine maggio a Genova è diventato, nel corso degli anni, una piacevole festa che riunisce una folla di persone e coinvolge una buona parte della città.

A Torino, infine, nell'ambito del Salone Internazionale del Libro, si svolge la cerimonia di premiazione del Premio

Nazionale Nati per Leggere. Il premio, istituito nel 2010 dalla Regione Piemonte, dalla città di Torino, dal comitato nazionale del progetto NpL e dalla rivista Liber, ha come caratteristica specifica e per ora unica la valorizzazione dei libri per la primissima infanzia (bambini tra 0 e 3 anni) e riserva a quelli più grandi (3-6 anni) la possibilità di scegliere e premiare il libro preferito. In accordo poi con le linee guida del progetto NpL, altre sezioni del Premio offrono un riconoscimento a singoli pediatri e a progetti di rete orchestrati da biblioteche, unità sanitarie, scuole e altri soggetti che promuovono la lettura ad alta voce in ambito famigliare e scolastico.

Suggestioni

Ecco alcuni assaggi della scrittura di autori vincitori negli ultimi anni di premi nazionali o internazionali. Quattro autori, molto diversi tra loro, accumunati da un grande successo di pubblico e di stima da parte della critica.

In « La storia di Mina » David Almond fornisce un esempio di sguardo e scrittura che neanche per un momento smettono di essere ad altezza di bambino.

Jutta Bauer in « Urlo di mamma » racchiude in un piccolo libro parole ed immagini che colpiscono crudelemente al cuore per condurre poi ad una conclusione consolante per il bambino e consapevole per la mamma.

Guido Quarzo in « La meravigliosa macchina di Pietro Corvo » ci offre una straordinaria avventura ambientata nella Torino del 1700 e affronta il tema della diversità in una delle sue più dolenti declinazioni.

Bruno Tognolini infine dimostra, da par suo, quanto una « semplice » filastrocca può essere più efficace, convincente e memorabile di qualsiasi predica.

Mi chiamo Mina e adoro la notte. Tutto sembra possibile di notte, quando il resto del mondo dorme. La casa è buia e silenziosa, ma se tendo l'orecchio, sento il tum tum tum del mio cuore. Sento gli scricchiolii della casa. E il respiro leggero della mamma che dorme nella stanza accanto.

Scivolo giù dal letto e mi siedo al tavolo vicino alla finestra. Apro la tenda. In mezzo al cielo c'è la luna piena. Inonda il mondo della sua luce argentata. Splende su Falconer Road, sulle case e sulle strade, sui tetti e sulle guglie della città, sulle colline e sulle brughiere lontane. Splende nella mia stanza e su di me.

Dicono che bisogna distogliere lo sguardo dalla luna piena. Dicono che faccia impzzire.

Io invece la guardo e rido.

Fammi impazzire, sussurro. Dai, fai impazzire Mina.

Rido di nuovo.

C'è chi crede che Mina sia già pazza, lo so.

Scruto la notte. Vedo gufi che planano, pipistrelli che saettano davanti alla luna. Là fuori da qualche parte il gatto Bisbiglio scivola nell'ombra. Chiudo gli occhi ed è come se quelle creature si muovessero dentro di me, quasi anch'io fossi una specie di strana creatura, una bambina che si chiama Mina ma anche qualcosa di più di una bambina che si chiama Mina.

Sul tavolo, nel chiaro di luna, giace un quaderno vuoto. È lì da una vita. Dico sempre che voglio tenere un diario. Bene, comincerò adesso. Apro il quaderno e scrivo le prime, primissime parole: Mi chiamo Mina e adoro la notte.

[...]

D. Almond, *La storia di Mina*, Salani, 2011, pag. 9
– Premio Internazionale *H.C. Andersen 2010*

Stamattina la mia mamma ha urlato così forte,
che mi ha mandato in mille pezzi.
La mia testa è volata fra le stelle.
Il mio corpo è finito in mare.
Le mie ali si sono perse nella giungla.
Il mio becco è atterrato sui monti.
Il mio culetto è sparito in città.
Mi rimanevano le zampe,
che però continuavano a correre.
Volevo cercarmi,
ma gli occhi erano in cielo...
...volevo gridare,
ma il becco era sui monti...
...volevo volare,
ma le ali erano nel fitto della giungla.
A sera, le zampe arrivarono

stanche morte nel deserto del Sahara,
quando un'ombra enorme calò sopra di loro.
La mamma aveva raccolto
e ricucito tutto,
mancavano da attaccare soltanto le zampe.
« Scusa se ho urlato così forte » disse la mamma.

J. Bauer, *Urlo di mamma*, Nord-Sud, 2008
– Premio internazionale *H.C. Andersen 2010*

« Non ci voglio andare con lui » disse Giacomo puntando i piedi.

Padre Antonio lo strattonava tenendolo per un braccio, come se il semplice passare nell'altra metà della stanza rappresentasse la soluzione del problema.

« Non sei tu che puoi decidere con chi andare e con chi non andare » ribadì brusco Padre Antonio.

« Ma io con lui non ci vado lo stesso » ripetè caparbiamente Giacomo.

« E invece ci andrai...Mastro Corvo è un'ottima persona, un valente artigiano, apprezzato da tutti. Ti insegnerà il mestiere e ti darà una casa...perciò andrai con lui, e di buon grado signorino, ci andrai anche se... » a quel punto Padre Antonio si fermò di colpo perché stava per dire una sconvenienza.

« Anche se... anche se... » l'istitutore non sapeva come proseguire la frase.

« Anche se è l'uomo più brutto della terra... » concluse per lui Pietro Corvo.

A Giacomo sfuggì un sorriso: era vero, non aveva mai visto un uomo più brutto di mastro Pietro Corvo. [...]

G. Quarzo, *La meravigliosa macchina di Pietro Corvo*,
Salani, 2013, pag. 9 – Miglior libro 9/12 anni
del Premio Nazionale *H.C. Andersen*, 2013

Rima della rabbia giusta

Tu dici che la rabbia che ha ragione
È rabbia giusta e si chiama indignazione
Guardi il telegiornale
Ti arrabbi contro tutta quella gente
Ma poi cambi canale e non fai niente
Io la mia rabbia giusta
Voglio tenerla in cuore
Io voglio coltivarla come un fiore
Vedere come cresce
Cosa ne esce
Cosa fiorisce quando arriva la stagione
Vedere se diventa indignazione
E se diventa, voglio tenerla tesa
Come un'offesa
Come una brace che resta accesa in fondo
E non cambia canale
Cambia il mondo

B. Tognolini, *Rime di Rabbia*, Salani, 2010, pag. 48
– Premio speciale Giuria Premio Nazionale *H.C. Andersen*, 2011

14.
LIBRI
I nostri libri

Racconti

La saga dei *Mumin* di Tove Jansson – dice mia figlia – « è un rifugio caldo e profumato di pane senza crosta, da cui si può guardare il mondo fuori, pieno di tempeste e primavere che arrivano, e amici che partono e mamme che ridono ». Per me è stato un incanto allo stato nativo. Cercando di capire come funziona, si possono scorgere facilmente pezzi e parti: compleanni, stagioni, magia, creature inventate, tenerezza, ironia... Niente di nuovo, insomma. Ma non si può capire perché, rimesse insieme, queste cose diano un mondo così vivo, impossibile eppure vivo come il nostro. In certi libri accade, tutto qui.

Vacanze all'Isola dei Gabbiani, di Astrid Lindgren, « è uno dei libri più belli che esistano – dice mia figlia – perché fa piangere e ridere insieme, ed è di tutti come è solo tuo ». E io sono felice che lei l'abbia intuito. Vi sono alcuni scrittori che sembra parlino del mondo, e invece stan parlando solo delle loro ciabatte; se non sappiamo smascherarli sono nocivi, perché il mondo ci parrà un posto da ciabatte, e non sapremo perché. E vi sono altri che, parlando di piccole cose, non si sa come ma dicono il mondo; questi sono vere Guide, che ci fanno andare nel mondo con gioioso coraggio, perché è insieme « di tutti e solo tuo ».

Tornatràs di Bianca Pitzorno – dice mia figlia – « è come un grande condominio festante, pieno di bambini che giocano e litigano, e con il segreto e quieto (ma non sempre quieto!) mondo degli adulti alle spalle ». Per me è un libro d'orgoglio e d'esempio. Orgoglio che esistano scrittori che non abdicano alla responsabilità di dire narrando anche le loro idee 'politiche'. Ci vuole mano narratrice molto ferma, però: quella con cui la Pitzorno raduna i lettori in un 'gran condominio festante' (il libro) e dice loro cosa pensa degli adulti, compresi i loro genitori, che là fuori stanno costruendo la vita e la cultura d'Italia.

La saga degli *Sgraffignoli* di Mary Norton – dice mia

figlia – « è uno di quei quadri in cui ci sono mille bambini piccolissimi che giocano a mille piccolissimi giochi diversi ». È vero: i microcosmi incantano i bambini, che hanno a che fare con mondi sproporzionati a loro. Ma non è solo questo: è il resistere del minuscolo nel tempo. Il tono dell'autrice ha il canto del tempo che passa: scorci di pomeriggi, domeniche, ora di cena che arriva, stagioni, cambiamenti... E questo, per creature inadeguate e fragili come gli Sgraffignoli, e i bambini – e noi tutti –, è un conforto che diventa dolcezza di lettura.

Lo stralisco di Roberto Piumini – dice mia figlia – « se fosse una parola sarebbe il silenzio. Perché è così bello da rimanere senza parole ». E così dev'essere, infatti. Ci sono libri che aprono radure di silenzio, nel bosco frusciante degli altri libri, e ogni tanto bisogna portarci i bambini lettori.

La saga di *Redwall* di Brian Jacques – dice mia figlia – « è una bellissima epopea che dura un sacco di libri, anche se si diluisce lentamente come il caffelatte con troppo latte. È come il caffelatte che mio padre beveva la mattina, in vestaglia verde: rassicurante, calda e ripetitiva ». E niente ho qui da aggiungere, su questo: rassicurante, calda, e annacquata.

Il Signore degli Anelli di Tolkien – dice mia figlia – « è come un respiro lento, ampio, che gonfia il torace. E poi è l'espirare, restituire al mondo ciò che si è preso, svuotarsi e contemplare, senza più forza, senza più respiro ».

Ma la forza e il respiro poi tornano presto, in realtà, per bere ancora cento libri e cento. Questi non sono che sette. Non sono i sette da portare su un'isola, perché questo racconto non è un'isola, ma un promontorio: girandosi indietro e inoltrandosi nell'entroterra, si troverebbero gli altri cento e cento. Ma sarebbe inutile, ormai, e inconcludente: è ora di dire come andò a finire.

Riflessioni

« Loro sono tanti e io sono uno! » Così mormorava uno smarrito Massimo Troisi di fronte a una sterminata quantità di libri non letti. Già, *loro* sono davvero tanti. Ogni anno, in Italia, arrivano nel reparto ragazzi circa 2000 titoli nuovi. I librai specializzati, i bibliotecari e tutti gli altri addetti ai lavori condividono lo sgomento di Troisi. Tuttavia, sempre, ogni anno, finisce col prevalere la curiosità e, scartati quasi a colpo d'occhio i titoli che più che da una casa editrice sembrano uscire da una fabbrica di cibi precotti tanto il loro sapore è indistinto, insipido e inautentico, si scatena la caccia per scovare il libro capace di stupire, di sedurre, di porre una sfida. Lo si trova sempre, anzi, se ne trovano tanti. E, in fondo, a stupire davvero non è il numero elevato di titoli disponibili, quanto il fatto che fra quei titoli sempre si trova quello che – almeno temporaneamente – ci appare come il miglior libro mai letto. Beninteso, fino a quello che verrà subito dopo....

E a questo punto, come fare a consigliarne la lettura? Anche in questo caso ci sono alcuni accorgimenti che potrebbero rendere la proposta più attraente. Quando si consiglia un libro, infatti........

- È OBBLIGATORIO averlo letto.
- È OPPORTUNO averlo apprezzato.
- È POSITIVO mostrare che la lettura ha suscitato emozioni, ha aperto nuove prospettive, ha precisato nozioni e conoscenze approssimative.
- È VIETATO dire che si tratta di un libro bellissimo, senza saper spiegare perché. Chi consiglia un libro deve saper incuriosire e indurre chi ascolta a volerne sapere di più.
- È UTILE, se le circostanze lo consentono, leggere ad alta voce qualche frammento di testo particolarmente gustoso e significativo.

- È IMPORTANTE conoscere (o cercare di scoprire) con che tipo di potenziale lettore si ha a che fare e, soprattutto, quale e quanta esperienza di lettura possiede.
- Nel momento in cui si consiglia un libro, infine, è MEGLIO averlo fisicamente in mano ed essere nelle condizioni di poterlo immediatamente prestare a chi ascolta il consiglio.

Suggestioni

Estrarre dal gran mare delle proposte editoriali un elenco di titoli da porre a suggello alle argomentazioni sostenute in questo libro è compito pericoloso: nessun elenco potrebbe essere considerato completo, né potrebbe pretendere di costituire un canone cui attenersi.

Si proverà dunque a citare qualche titolo seguendo un percorso personale: non i « libri più belli », ma quelli che hanno fatto una differenza e/o hanno lasciato una traccia nella memoria di chi scrive. Una manciata di titoli a cui si è aggiunta qualche indicazione di età o di genere per un minimo orientamento del lettore. Tracce così sottili, tuttavia, non rendono giustizia ai libri che, quando sono davvero belli, sono organismi molto più complessi di quanto sia possibile rinchiudere in parole che di quella complessità non possono che enunciarne un singolo aspetto.

Facciamo dunque finta di fare un giro tra gli scaffali di una libreria ben fornita e scopriamo libri che....

...salutano l'arrivo di un bebè

B. Alemagna, *Che cos'è un bambino*,TopiPittori, 2013

C. Carminati, M. Tappari, *Parto. Diario di 9 mesi in acqua – Parto. Diario di 9 mesi in aria*, Panini, 2013

AA.VV., *Gocce di voce*, Fatatrac, 2007

...raccontano il mondo in rima

B. Tognolini, *Le filastrocche della melevisione*, Gallucci, 2011 (dai 5 anni)

J. Carioli, *I sentimenti dei bambini. Spremuta di poesie in agrodolce*, Mondadori, 2009 (dai 6 anni)

E. Polo, *Rimario (un po' al dritto e un po' al contrario)*, Orecchio Acerbo, 2005 (dai 6 anni)

...fanno ridere i bambini piccoli (ma non solo loro)

J. Feiffer, *Abbaia George*, Salani, 2010 (dai 3 anni)
M. Altés, *Il mio nome è No*, Sinnos, 2011 (dai 4 anni)
J. Yolen, M. Teague, *Cosa fanno i dinosauri quando è ora di dormire?*, Il Castoro, 2014 (dai 3 anni)

...fanno ridere i bambini più grandi

B. Friot, *Il mio mondo a testa in giù*, Il Castoro, 2008 (dagli 8 anni)
N. Gaiman, *L'esilarante mistero del papà scomparso*, Mondadori, 2014 (dai 9 anni)
R. Doyle, *Il trattamento Ridarelli*, Salani, 2001 (dai 7 anni)

...mettono in scena le paure dei bambini

P. Leathers, *Nero-coniglio*, Lapis, 2014 (dai 4 anni)
A. Browne, *Nel Bosco*, Kalandraka, 2014 (dai 5 anni)
A. Browne, *Sciocco Billy*, Donzelli, 2014 (dai 5 anni)

...restituiscono al Natale mistero, magia e nostalgia

C. Van Allsburg, *Polar Express*, Salani, 2004 (dai 5 anni)
D. Thomas, *Un Natale*, Salani, 2000 (dagli 8 anni)
T. Capote, *Ricordo di Natale*, Donzelli, 2011 (dagli 8 anni)

...aiutano i bambini a sopravvivere al mondo degli adulti

J. Bauer, *Urlo di mamma*, Nord-Sud, 2008 (dai 3 anni)
J. Willis, T. Ross, *Nicola Passaguai*, Il Castoro, 2010 (dai 4 anni)
T. Ungerer, *Niente baci per la mamma*, Nord-Sud, 2012 (dai 5 anni)

...fanno incontrare le generazioni

S. Gandolfi, *Aldabra*, Salani, 2013 (dai 10 anni)
F. Silei, *Mio nonno è una bestia*, Il Castoro, 2013 (dagli 8 anni)
G. Kuijer, *Per sempre insieme, amen*, Feltrinelli 2012 (dai 9 anni)

...propongono un gustoso assaggio di grandi classici

T.M. Le Thahn, *Cyrano*, Donzelli, 2007 (dagli 8 anni)
G. Tessaro, *Il Cuore di Chisciotte*, Carthusia, 2011 (dai 6 anni)
A. Molesini, *L'avventura di Ulisse*, Mondadori, 2011 (dai 10 anni)

...parlano di grandi personaggi che hanno reso il mondo più bello

J. Berne, V. Radunsky, *Quel genio di Einstein*, Donzelli, 2013 (dai 7 anni)

C. Carminati, *L'ultima fuga di Bach*, Rueballu, 2012 (dai 10 anni)

S. Piazza, A. Marinoni, *Voci su Verdi*, Rizzoli, 2013 (dai 10 anni)

...si infilano tra le pagine di altri libri e moltiplicano il desiderio di leggere

J. Klausmeier, S. Lee, *Apri questo piccolo libro*, Corraini, 2013 (dai 5 anni)

L. Smith, *È un libro*, Rizzoli, 2010 (dai 5 anni)

E. Montanari, *Indovina chi viene a cena*, Kite, 2013 (dai 7 anni)

...sbalordiscono per la maestria con cui sono stati costruiti (libri pop-up)

R. Sabuda, M. Reinhart, *Enciclopedia Preistorica – I dinosauri*, RCS Libri, 2005 (dai 6 anni)

A. Boisrobert, L. Rigaud, *Nella foresta del bradipo*, Corraini, 2011 (dai 6 anni)

D.A. Carter, *Suono bianco*, Panini, 2010

...raccontano storie senza usare neppure una parola (Silent books)

A. Sanna, *Fiume lento. Un viaggio lungo il Po*, Rizzoli, 2013 (dagli 8 anni)

S. Borando, L. Clerici, E. Pica, *Il libro bianco*, Minibombo, 2013 (dai 4 anni)

G. Vincent, *Un giorno, un cane*, Gallucci, 2011 (dai 4 anni)

...parlano d'amore

M. Ramos, *Romeo e Giulietta*, Babalibri, 2014 (dai 4 anni)

J. Schubiger, W. Erlbruch, *Due che si amano*, E/O, 2013 (dagli 8 anni)

S. Hole, *Il segreto di Garmann*, Donzelli, 2012 (dai 7 anni)

...raccontano piccoli gesti gentili

D. Macaulay, *Angelo*, Donzelli, 2012 (dai 6 anni)
G. Roldan, *Il signor G*, La Nuova Frontiera, 2011 (dai 5 anni)
B. Graham, *Come curare un'ala spezzata*, Il Castoro, 2014 (dai 5 anni)

...affrontano temi difficili

R. Doyle, F. Blackwood, *Tutta sua madre*, Salani, 2013 (dai 6 anni)
A. Panini, *Le parole scappate*, Coccole e Caccole, 2011 (dai 7 anni)
W. Erlbruch, *L'anatra, la morte e il tulipano*, E/O, 2007 (dai 6 anni)

...sollecitano e sviluppano passioni e inclinazioni

E. Montanari, *Inseguendo Degas*, Kite edizioni, 2010 (dai 7 anni)
L. Ferri, *La ballerina cosmica*, Salani, 2013 (dai 4 anni)
J. Kanstad, *Kubbe fa un museo*, Electa Kids, 2013 (dai 4 anni)

...si ispirano a temi religiosi

J. Richter, *Dio, l'uomo, la donna e il gatto*, Salani, 2001 (dai 10 anni)
U. Hub, J. Muhle, *L'arca parte alle otto. L'esistenza di Dio spiegata da tre pinguini*, Rizzoli, 2010 (dagli 8 anni)
K. Crowther, *L'omino e Dio*, TopiPittori, 2011 (dagli 8 anni)

...passano dal libro al cinema e viceversa

B. Selznick, *La straordinaria invenzione di Hugo Cabret*, Mondadori, 2011 (dagli 11 anni)
A. Browne, *King Kong*, Donzelli, 2012 (dai 12 anni)
R. Dahl, *La fabbrica di cioccolato*, Salani, 1994 (dai 10 anni)

...i bambini leggono volentieri da soli

A. Arato, A. Parola, *Il mio nome è strano*, Lapis, 2013 (dai 10 anni)
A. Bouchard, *Magica amicizia*, Salani, 2011 (dai 9 anni)
F. Silei, *Un pitone nel pallone*, Salani, 2012 (dai 10 anni)

...raccontano le gesta di personaggi un po' «sfortunati»

J. Spinelli, *La Schiappa*, Mondadori, 2005 (dai 10 anni)
J. Kinney, *Diario di una schiappa*, Il Castoro, 2008 (dagli 11 anni)

E. Lindo, *Manolito Quattrocchi*, Lapis, 2014 (dai 9 anni)

...sono qualcosa in più che semplici alfabetieri

M. Corradini, *Alfabeto ebraico*, Salani, 2012 (dai 10 anni)
S. Delaunay, *Alfabeto*, Babalibri, 2010 (dai 3 anni)
W. Wondriska, *Non perdere il filo*, Corraini, 2010 (dai 3 anni)

...pongono grandi interrogativi ma non offrono risposte

J. Gaarder, *Domande*, Salani, 2013 (dai 10 anni)
W. Erlbruch, *La grande domanda*, E/O, 2004 (dai 5 anni)
J. Gaarder, *C'è nessuno?*, Salani, 2006 (dagli 8 anni)

...sono vere e proprie opere d'arte

J.M. Mateo, *Migranti*, Gallucci, 2013 (dai 9 anni)
R. Jha, *Vite d'acqua. Bestiario del Gange*, Salani, 2011 (dai 7 anni)
A. Ravishankar, *L'elefante non dimentica!*, Corraini, 2007 (dai 4 anni)

...propongono la poesia che viene dopo le filastrocche

R. Piumini, *Che meraviglia, un ponte!*, Einaudi, 2010 (dagli 8 anni)
V. Lamarque, *Poesie di ghiaccio*, Einaudi, 2009 (dagli 8 anni)
D. Bisutti, *L'albero delle parole. Grandi poeti di tutto il mondo per i bambin*i, Feltrinelli, 2009 (dagli 11 anni)

Conosco un pesciolino
Che a forza di nuotare
Scoprì d'essere vicino
A dove dorme il mare

E il mare è così grande
La notte così scura
Non puoi contar le onde
E mette un po' paura

Però quel pesciolino
Raccolse il suo coraggio
E quando fu mattino
Riprese il lungo viaggio

Trovò in quel grande mare
Foreste di conchiglie
Canzoni da cantare
Tesori e meraviglie

E storie disegnate
Da farne un girotondo
Le storie ritrovate
Storie di tutto il mondo

Quel pesce era un bambino
Un libro era quel mare
Salta nelle pagine
Andiamo a navigare

G. Quarzo in AA.VV., *Gocce di voce*, Fatatrac, 2006

15.
COME ANDÒ A FINIRE

Andò a finire come doveva: che la bambina ascoltatrice, ascolta ascolta, alla fine volle leggere da sola. E cosa si guadagna a leggere da soli?

Si guadagna, perché 'si legge più veloci': non più frenata dalla strettoia della voce – e della voce altrui – la lettura muta e sola sfreccia via, senza altri limiti che le velocità dell'occhio e della mente, in gara fra loro. Quel libro finisce in un lampo, e altri gli corrono dietro come treni.

E si perde, perché 'si legge più veloci': correndo senza freni lungo il libro, affamata di ciò che accade sempre dopo, la lettura muta corre il rischio di mancare ciò che accade ora e qui, di farsi sfuggire sotto il naso, nella corsa, un'oziosa rinfrescante descrizione, una sugosa esclamazione, un largo pensiero nascosto sotto i ripidi fatti.

Si guadagna, perché 'si legge quando si vuole', e non solo quando è libero papà. La lettura solitaria si ramifica e si allarga nel giorno – e talvolta nella notte – in nuovi rivoli, abituali o improvvisati. Si scoprono altre luci del cielo, come piovono dalle finestre in altri posti della casa, in altre ore. Si guadagna l'ebbrezza di sentirsi soli, signori di se stessi, in cammino.

E si perde, perché 'si legge quando si vuole', senza una regola che scandisca e moderi. Che scandisca un tempo speciale, diverso dal resto della giornata, che non può diventare un unico flusso confuso di storie e realtà; e che moderi la famelica irruenza, la bulimia del lettore, come l'ora del pranzo e della cena preservano dal mangiare tutto il giorno.

Si guadagna, perché 'i libri si scelgono da soli', senza più negoziare i generi e le preferenze, con mediazioni, turni, rinunce. E si perde, perché 'i libri si scelgono da soli', senza più imbattersi in quel libro che non si sarebbe mai scelto, ma che poi leggendolo incanta.

Si guadagna e si perde ciò che crescendo, conquistando

autonomie, si guadagna e si perde in altri campi. Ma ciò che è perso si può ritrovare più avanti, diverso e più nostro.

È andata a finire che mia figlia ora legge da sola, a rompicollo e un po' troppo. O almeno troppo deve parere a me, cui il compito paterno impone la parte di chi si preoccupa: se legge poco, che legga di più; se legge troppo, che legga di meno (e così per mangiare, studiare, uscire...).

Ma in questa lettura, che rischia di parermi sregolata solo perché la regola non è più la mia, può fiorire una regola diversa, nuova e sua, efficacissima, che io non scorgo ancora.

Poteva finire come altri genitori m'han detto, soprattutto dei figli maschi: che abbandonata per limiti d'età la lettura della buonanotte, non hanno più voluto aprire un libro.

Qui è andata altrimenti: è finita che non è finita. Perché a mia figlia i libri io li leggo ancora, a quindici anni, e lei li legge a me. E li legge alle amiche, alla mamma, alla zia, a chi voglia sentire: perché condividere storie narrate è come mangiare insieme, viaggiare, cantare, dormire insieme. Far circolare sangue umano nei linguaggi, farli tornare pelle umana da vestiti, corazze, prigioni che stan diventando. Quando le ho detto che ci sono modi per rendere utile ad altri questo piacere, per esempio andando a registrare audiolibri, o leggendo a domicilio a chi ne ha bisogno, le sono brillati gli occhi. Crescere non è perdere: può non finire mai.

Noi siamo stati solo un piccolo momento di un brulicante sussurrare umano, che non finisce mai: dalla voce che parla nel buio all'inizio del tempo, in una caverna, attraverso le sillabe della magia, le rime di culla, le fiabe, gli aedi, i cantastorie, i teatranti, i maestri nelle aule, i sacerdoti, le radio, i rapper, le letture di scrittori e di poeti... fino alla voce che parla nel buio alla fine del giorno, nella camera di un bambino. Questa voce non tacerà mai.

« Leggimi forte! »

Riflessioni

Dice Roald Dahl: « Se riesci a far innamorare i bambini di un libro o di due o tre, cominceranno a pensare che leggere è un divertimento. Così, forse, da grandi diventeranno lettori. E leggere è uno dei piaceri e uno degli strumenti più grandi e importanti della nostra vita ». Il punto è proprio questo: saper agire nei confronti della lettura in modo così piacevole e positivo da non temere i possibili momenti di crisi o addirittura i rifiuti e gli insuccessi. Sulla strada della lettura, gli ostacoli sono molti. Secondo gli osservatori più pessimisti è sempre più precoce l'età dell'abbandono o del disamore: intorno ai 9-10 anni, anche per i bambini che sono stati affettuosamente e attentamente seguiti sia in famiglia che a scuola. Sempre più precoce è il momento del cambiamento, perché i bambini crescono sempre più in fretta e troppo presto, nella loro vita, si inseriscono elementi di disturbo. Non si starà a intonare un canto di lode del buon tempo antico, anche perché, percentualmente, i bambini che oggi leggono sono più numerosi che in passato. Non sono però abbastanza, soprattutto se la loro percentuale viene messa a confronto con quella dei coetanei europei. Ancora oggi, i bambini italiani scontano il ritardo evidenziato dai dati relativi alla lettura degli adulti e la mancanza di una specifica attenzione del mondo della scuola. In tutto il mondo si lavora con sempre maggior intensità sui primi, primissimi anni di età, ben sapendo che sono quelli e solo quelli gli anni su cui si può davvero determinare una differenza per la lettura, come per la musica e per molte altre cose. I bambini che oggi abbandonano la lettura possono appartenere a due diverse categorie: ci sono quelli che non hanno ricevuto particolari stimoli in famiglia e/o a scuola e non hanno mai dimostrato uno specifico interesse o attitudine per la lettura e quelli che abbandonano *malgrado* siano stati ben avviati ad essa. In questo secondo caso, le probabilità di un ritorno, superato un momento di disorientamento e disinteresse, sono molto alte e, comunque, la buona base linguistica acquisita attraverso l'ascolto e la lettura autonoma favorirà il loro buon rendimento scolastico.

DAL RIFIUTO ALLA PASSIONE: UN PERCORSO POSSIBILE?

Quali sono in concreto i modi per intervenire e arginare il rifiuto a leggere un libro, per esempio per adempiere ad un impegno scolastico?

È un caso frequente, fonte di grande angustia per i genitori. Cominciamo subito col dire che, se in famiglia non è stata creata in precedenza l'abitudine all'ascolto, la lettura ad alta voce viene generalmente rifiutata. Si deve quindi sperare (o esigere) che i suoi benefici effetti vengano valorizzati dalla scuola. Se comunque un bambino *deve* ma non *vuole* leggere, è necessario offrire tutto l'aiuto possibile, indagando, contemporaneamente, sulle ragioni del rifiuto. Ecco alcuni elementi da prendere in considerazione e alcuni consigli per cercare di rendere il rifiuto meno definitivo:

- Accertarsi delle reali capacità strumentali di cui il bambino dispone e, in assenza di patologie che possano indebolirle (dislessia, disturbi alla vista o dell'attenzione, ecc.), valutare se il libro proposto è davvero adeguato alle reali (non potenziali) capacità di lettura del bambino.
- Proporre una lettura comune, senza timore di 'viziare' il bambino e di favorire la sua eventuale pigrizia. In queste circostanze è importante la motivazione e questa si potenzia con l'interesse. Conoscere un libro senza dover fare la fatica di leggerlo in prima persona può accrescere, di molto, l'interesse.

- Superata la difficoltà specifica, legata alla necessità di assolvere un compito scolastico, cercare di promuovere un'abitudine alla lettura agendo su più fronti e, in particolare:

  - Aumentare la disponibilità e la circolazione di carta stampata all'interno della casa (non esclusivamente libri, all'inizio, ma fumetti, giornali sportivi, riviste di musica o di cinema e tutto ciò che può far conto sulla curiosità o interesse del bambino).
  - Favorire occasioni di ascolto e di incontro con persone che conoscono bene libri e bambini (bibliotecari e librai specializzati, soprattutto).
  - Condividere – nei limiti del possibile – le passioni dei bambini. La condivisione è fattore di grandissima importanza e non di rado l'adulto va incontro a piacevoli sorprese. Quanti adulti hanno letto con entusiasmo *Harry Potter*? E quanto ha contribuito quella lettura a ravvivare gli argomenti di conversazione tra genitori e figli!
  - Ricercare la collaborazione e la complicità degli insegnanti per concertare strategie comuni.
  - Modulare il passaggio dal fumetto al libro con la necessaria gradualità e approfondire le conoscenze del mondo del fumetto, proponendo prodotti di qualità. La lettura di un intero libro, suddiviso in capitoli più o meno lunghi è compito impegnativo e, agli occhi del lettore riluttante o inesperto, appare assai meno appassionante e coinvolgente di un fumetto, di un film o di un videogioco. Talvolta, oggettivamente, lo è.
  - Prestare attenzione a come si presenta il libro: la dimensione del carattere, la lunghezza dei singoli capitoli, la presenza o assenza di illustrazioni, la qualità della carta sono fattori tutt'altro che secondari e

possono facilitare di molto la lettura o renderla ancora più insopportabile.

- Limitare al minimo gli interventi e i commenti sulla lettura (o non lettura) del proprio figlio per evitare di diventare assillanti e provocare crisi di rigetto assolute e definitive. Puntare molto sull'autostima e sull'immagine positiva che il bambino deve avere di se stesso come lettore.

Suggestioni

E dunque, se dopo aver letto tutti i capitoli di questo libro, rimangono ancora dubbi sull'opportunità di allevare un lettore, ecco 13 modi infallibili per evitare di farlo:

1. Non farsi mai vedere leggere dai bambini.
2. Installare un apparecchio televisivo o un computer in ogni camera della casa (senza dimenticare la cucina e le camere da letto).
3. Riprendere severamente il bambino ogni volta che pronuncia male una parola o sbaglia a declinare un verbo.
4. Programmare attività extrascolastiche per ogni giorno della settimana, perché il bambino non corra il rischio di annoiarsi.
5. Buttare via tutti i libri con le figure non appena il bambino impara a leggere: non devono più piacergli!
6. Rifiutarsi di giocare a Scarabeo o ad altri giochi con le parole. Troppo noiosi!
7. Ricompensare il bambino che legge qualche pagina di un libro con piccoli regali. Figurine di calciatori, sorpresine di plastica e dolciumi funzionano bene. Ancor meglio, una mancetta in denaro.
8. Ritenere che ai bambini leggere non possa piacere. È ben noto, infatti, che i libri per bambini servono solo per imparare a leggere, per fornire buoni esempi e per insegnare le buone maniere.
9. Usare solo lampadine da 40 Watt per tutte le lampade di casa.
10. Non rileggere MAI, per nessuna ragione, lo stesso libro. Una volta deve essere più che sufficiente per capire quello che c'è da capire.
11. Non permettere MAI al bambino di ascoltare audiolibri. Potrebbe non imparare mai a leggere!
12. Assicurarsi che il bambino legga solo libri importanti e difficili.

I libri facili sono una totale perdita di tempo. Ancor peggio, naturalmente, sono i fumetti.

13. Vietare, nel modo più tassativo, di leggere a letto.

D. Schneider, R. Smith, *Thirteen Ways to Raise a Non reader*, Text © 2001 «The Horn Book Magazine», March/April 2001. Disponibile on line

---

Se invece i precedenti capitoli hanno suscitato una irrefrenabile curiosità di saperne di più sui libri per bambini e sul modo di leggerli, ecco qualche titolo per soddisfarla:

- P. Bertolino et al., *Nel giardino segreto*, Equilibri, 2009
- T. Buongiorno, *Dizionario della letteratura per ragazzi*, Fabbri, 2001
- M. Campagnaro (a cura di), *Le terre della fantasia*, Donzelli, 2014
- C. Carminati, *Per la parola*, Equilibri, 2011
- A. Chambers, *Siamo quello che leggiamo*, Equilibri, 2011
- S. De Mari, *Il drago come realtà*, Salani, 2007
- R. Denti, *Le fiabe sono vere, Note su storie e libri non soltanto per bambini*, Interlinea, 2014
- A. Faeti, *Guardare le figure*, Donzelli, 2011
- G. Grilli, *Libri nella giungla*, Carocci, 2012
- Hamelin, *Ad occhi aperti*, Donzelli, 2012
- S. Lee, *La trilogia del limite*, Corraini 2012
- D. Pennac, *Come un romanzo*, Feltrinelli, 2008
- B. Pitzorno, *Storia delle mie storie*, Net edizioni, 2006
- C. Ramonda, *La biblioteca dei ragazzi raccontata agli adulti*, Editrice Bibliografica, 2011
- M. Terrusi, *Albi illustrati*, Carocci, 2012

- R. Valentino Merletti, L. Paladin, *Libro fammi grande*, Idest, 2012
- R. Valentino Merletti, *Leggere ad alta voce*, Mondadori, IV ed. 2000
- J. Zipes, *La fiaba irresistibile*, Donzelli, 2012

Indice

Fotocomposizione Editype S.r.l.
Agrate Brianza (MB)

Finito di stampare
nel mese di marzo 2015
per conto della Adriano Salani Editore s.u.r.l.
da Press Grafica s.r.l.
Gravellona Toce (VB)
Printed in Italy